小說
倪匡

王錚
（藍手套）

目錄 |

多餘的話——給王錚新書的序 |

2012 年 6 月，倪匡親筆寫下：「王錚先生者，衛斯理專家也！」這十一個字，其份量之重，有如康熙傳位給四阿哥胤禛（雍正）的聖旨一樣。旁人倘要添加一字一句，就是僭越了。因此，王錚這次邀請我替他的新書《小說倪匡》寫序，無疑是給我下了一道難題。首先，我憑甚麼資格替他寫序？其次，我可以寫些甚麼呢？

這幾年，我寫了多篇香港文壇和報壇舊故事，出版了《香港文壇回味錄》，後來出了增訂本，其中有篇文章提及倪匡的作品，就是〈倪匡第一本武俠小說〉；我另外還有一篇〈倪匡：我係貝殼專家〉。因為這兩篇遊戲文章得以「搵車邊」跟倪匡扯上關係。我從文字上認識倪匡，是早年讀他在《明報》的專欄文章。其他有關倪匡和衛斯理的故事，都是閱讀人家的評論，屬於「二手消息」，因此實在沒有資格去評論倪老的作品，如果要評論「王錚評論倪匡和衛斯理的作品」，這連隔靴搔

癢也做不到。不過，既然王錚盛意拳拳，「係都要我寫幾句」，小弟唯有空槍上陣，寫了以下「多餘的話」。

這幾年疫情期間，香港興起網上群組拍賣書籍，以拍賣珍罕二手舊書為主。最出色的群組是「三劍俠舊書拍賣群」，其主持人李偉雄見多識廣，他曾對我說：「內地有兩位書友你要認識，他們都是研究倪匡和衛斯理的專家，一位是筆名叫做『鱸魚膾』的趙躍利，另外一位就是筆名『藍手套』的王錚。」可惜，我和他們至今仍然緣慳一面。然而，透過李偉雄的關係，我們已在網絡交上朋友了。我寫〈倪匡第一本武俠小說〉，就是得到趙躍利協助認證。2022 年 7 月我從藏家手上得到署名作者「梁羽生」的武俠小說《金英劍》，藏主說這套書是倪匡作品，不知何故給人換了作者名字。我開始尋找真相，不久便真相大白，我在報紙專欄寫出以下故事：「倪匡第一本武俠小說叫做《金英劍》，由大眾出版社出版，遠東書報社發行，分上中下三冊，沒有出版日期，估計是 1960 年年初。倪匡 1957 年來港，先在工廠和地盤

當雜工，閒來向報紙投稿，1957 年 10 月 27 日《工商日報》刊出其一萬字處女作《活埋》，小說背景是大陸的土改運動。倪匡後來進入《真報》工作，由校對做起，之後升任編輯兼寫專欄，不時要替脫稿的作家代筆，甚麼都寫，成為報館的『通天作家』。 1959 年 10 月 24 日《真報》出現署名倪匡的武俠小說《璧紅印》，這是倪匡第一篇武俠作品，連載了 95 天，至 1960 年 1 月 27 日結束。倪匡時年 24 歲。大眾出版社後來把《璧紅印》以《金英劍》名字結集成上中下三冊出版，為了促銷，出版社擅自把作者姓名由倪匡改為『梁羽生』。倪匡的《金英劍》後來出版續集，書名叫做《七寶雙英傳》，大眾出版社仍然把作者掛名『梁羽生』。」

　　我的專欄文章刊出之前，委託李偉雄向內地的趙躍利求證：「《金英劍》是否倪匡作品？它是否倪匡第一本武俠小說？」趙君很快便回覆證實，他把倪匡《金英劍》第一本武俠小說由成稿至出版的來龍去脈說出來，他說這件事多年前已經由倪老向他親口確認。趙君還說，

倪匡對幾十年前的處女作給出版社掛到「梁羽生」名下，幾十年後仍然耿耿於懷。

我今次「多餘的話」要寫的主角是「藍手套」王錚。幾年前開始，王錚是我面書朋友，也是「三劍俠舊書拍賣群」的群友，我們幾乎天天在這些社區媒體見面。王錚在舊書拍賣群不是狂熱的拍賣參與者，大多時只是坐山觀虎鬥。他在群組有另外一個身份，就是被群友認定為「專家顧問」。自從倪老離世後，他的舊著作更受追捧，群組湧現很多倪匡和衛斯理早期作品，群友對版本有懷疑時，王錚都樂於解答，經過倪匡眼中的這位衛斯理專家認證，這些拍品都能以高價成交。近幾年，王錚在香港都有寫倪匡和衛斯理的作品出版，2023年香港書展，王錚推出《千面倪匡——倪匡作品封面賞析及版本初考》一套四冊，聲勢奪人，連同他以前出版的多本倪匡、衛斯理作品，王錚系列佔了大型書店的不少空間。我心裏問：「王錚哪來的材料讓他可以寫不完的倪匡、衛斯理？」問題還未有答案，2023年年底王錚電郵一份

新書目錄給我，說 2024 年又要出新書了，書名叫做《小說倪匡》，邀請我寫一篇序。

王錚夫子自道：書名《小說倪匡》中的「小說」二字，可以作「小小地評說」解，因此《小說倪匡》的意思，就是小小地評說一番倪匡先生和他的作品。《小說倪匡》篇目分為三大範疇，包括：「淺唱」、「低吟」、「輕舞」。「淺唱」其中兩篇文章：〈倪匡筆下人名的取名藝術〉和〈衛斯理故事中的人物影射〉，倪匡迷和衛斯理迷實不容錯過。「輕舞」十六篇文章集中評說衛斯理故事，剖析和解答衛斯理系列的種種疑問。讀完這十六篇文章，又再浮現倪老 2012 年的十一字真言：「王錚先生者，衛斯理專家也！」

謹以上述「多餘的話」，作為王錚新書《小說倪匡》的序。

鄭明仁

香港資深傳媒人、專欄作家、藏書家

2023 年聖誕節

十年 |

　　試讀《小說倪匡》數月後，錚兄忽而提出，要不要由我幫忙寫個序？笑話！錚兄堂堂衛斯理專家，新書序言歷由倪匡先生親力親為，何時輪得到我？話未出口，閃念斯人已去！一時間落筆阻難。

　　我與錚兄相識雖逾十年，不過倪匡先生知我與他相識，卻在我執意湊「衛斯理五十週年」熱鬧之後。彼時我已成年，前腳從「地圖上的空白之地（衛斯理語）」回滬，盛氣得緊；但倪匡先生眼中，顯還是個乳臭未乾的小鬼：因錚兄與鳳衛兄皆上海人氏，又同為「倪學七怪」，先生竟逼兩人領命須「合力看好」我，莫使行程有半點紕漏。

　　我尋兩位兄卻非為此事，而是有一遠房好友（自古只有遠房親戚，何來遠房好友？乃好友之好友，我同樣是頭回照面）性格內向，確為「衛粉」，我好友見伊宅家已久，想拖其參與「衛斯理五十週年」盛會，因兩位

兄帶團諸多「衛粉」同去，託付他倆最為保險——可惜
該遠房好友內向至極，最終未能成行，則為後話。

因同時在港，常在倪匡先生家「碰着」。印象極深，
是有回錚兄背來一大本手作《衛斯理封面合集》（去年
改名《千面倪匡》出版，以茲倪匡先生千古），精美細緻、
極耗心神；我則尚不知道衛斯理小說版本竟如此之多，
當下翻看直呼有趣。

錚兄那年已在《倪學》中發文數篇，後又與鳳衛兄
着手編校《倪匡妙語連珠》等書，盡心盡力。我則同倪
匡先生打趣，「得『粉頭』如此，人生大幸！若換做我，
『七怪』哪夠？恨不能集十三太保、湊七十七怪……」
遂湊得爆栗一頓；轉眼錚兄背書包來訪，倪匡先生故意
打趣他道，「伊稱你『粉頭』，怎麼不惱？可知老早『粉
頭』是何意思？」我本想就此言雙關，趁亂佔佔錚兄便
宜，被一語點破，與離間何異！

今錚兄新作《小說倪匡》由我代序，我倆同倪匡先
生間的趣事，可不止這三則！但既錚兄豪言尚有《小說

倪匡2》、《小說倪匡3》，不如藏藏貯貯，給自己留《代序2》、《代序3》之後路。

言歸正傳，該書第一冊，分「淺唱」、「低吟」、「輕舞」三部份，淺唱析愛情、低吟品美人，兼顧衛斯理男、女讀者之偏愛；「輕舞」則本人最為鍾意：上半闋講衛斯理故事的三大系列（苗疆探險、陰間來去、非人成精），讀罷惹我重覽一遍探險系列，與錚兄復盤探究陳督軍原型究竟誰人！下半闋則悉數衛斯理故事十大名場面，非衛斯理專家不能辦到──但究此「十大名場面」可同樣是彼心中「十大名場面」？非也非也，若由我來安排，自不可缺《黃金故事》中快刀張拾來取出三百斤黃金贈知己一段；至於取哪個「名場面」而代之？想來錚兄皆捨不得。

金灰

癸卯年聖誕夜於滬上

自序 |

　　書名《小說倪匡》中的「小說」二字，可以有很多種解釋，但在這裏，作「小小地評說」解，所以，《小說倪匡》的意思就是：小小地評說一番倪匡先生以及他的作品。

　　倪匡先生著作等身，數十年來不停地寫寫寫寫，各種文體都有涉獵。作品成書者，已有幾百冊，若再算上報章連載的未成書作品，恐怕一生寫漢字之多，世上無人能及！

　　我自年幼時接觸到倪匡小說之後，數十年來（居然也有數十年了）不停地讀讀讀讀，每一次閱讀，都會產生新的體悟。

　　倪匡先生的小說，常會給人一種錯覺，那就是只求好看，沒有內涵。誠然，倪匡小說，情節緊張曲折，人物生動活潑，第一次讀，一定會被故事吸引，看完之後，也一定會覺得非常熱鬧好看，但似乎除此之外也就沒有

甚麼了。然而，倪匡小說的妙處，卻不是讀一次就能體會到的。

我讀倪匡小說就深有這樣的體會，第一次讀，腦中只有「好看」二字，第二次、第三次讀，才看出點門道來，等到讀了五次以上，總算意識到，這哪裏只是普通的小說，根本就是一套人生指南！

讀久了，心中自然有很多感受想要表達，而且，也很想和諸位同好分享自己的體悟。於是學着倪匡先生，也開始不停地寫寫寫寫。起初，寫的東西很是稚嫩，自己看看也就罷了，根本見不得人，後來，隨着年紀的增長，閱歷的增加，對倪匡小說的感受也就更為深刻，有很多年少時悟不到的東西，如今已清晰地浮現在眼前，自然，寫出來的文字，也就有了些可看性。

將這些文字結集成書，取名《小說倪匡》，不敢大肆評價（長篇偉論太考驗作者，即使論了，讀者也未必有興趣看），倒是可以小小地品評一番，就某一個主題、某一段情節、某一位人物，發表一些自己的感想。文章

不用長，表達完自己想說的內容，就可以結束。這樣，作者寫得不累，讀者也看得不累。

而且，感想隨讀隨有，《小說倪匡》、《小說倪匡2》、《小說倪匡3》……只要心中還有感想，就可以無限制地「小說」下去。

這本《小說倪匡》算是拋磚引玉，大家也完全可以寫出自己的《小說倪匡》，每個人讀倪匡小說，都會有自己獨特的感受，寫下來，會很有趣。

希望大家喜歡《小說倪匡》！

王錚

上海

20230608181656

宇宙密碼不停歇

第一篇——淺唱

黎明玫的愛情　｜

（一）

　　當我讀到《鑽石花》的時候，已經是讀了很多衛斯理故事以後的事了。那時候，衛斯理早已與白素雙宿雙飛，過着令人艷羨的神仙生活，但是，我從來也沒想到，在白素之前，衛斯理竟然還有過一段刻骨銘心的愛情！

　　那段愛情的女主角有着一個香噴噴的名字：黎明玫。

　　黎明玫第一次出場，人未露面聲音先至，由於聲音過於甜蜜，還使得衛斯理在想像中，把她當作一個手中拿着長長的象牙煙嘴，化妝得令人噁心，煙視媚行的那一類女人。沒想到事實完全出乎意料之外，膚色白皙，體態優雅的黎明玫甫一現身，就讓衛斯理不由自主推翻自己的想像，並給了一個極高的評價：這是一位需要以極度的禮貌來對待的女子。

　　這時的衛斯理，還沒有意識到，眼前這個女子，將會對他的人生產生重大的影響。

（二）

其實，衛斯理對黎明玫並非一無所知，在十多年前，她就已經是他景仰的對象，只是年代久遠，衛斯理一時未敢肯定，眼前這位女子，就是他景仰多年的人。

十多年前，黎明玫的名字，曾經響徹大江南北，她的武功造詣之高，猶在北太極門掌門之上。那時的她，正是十九二十的年紀，芳蹤到處，所向無敵。

黎明玫曾在上海，懲戒了上海黑社會七十二黨的黨魁後，從數百人的包圍中，從容脫出。當衛斯理特地從南洋趕來上海，想會她一面時，她已然不知所蹤，令得衛斯理一直引為憾事。那時的衛斯理也正年輕，是頗想向黎明玫領教一番的。

能夠想像，在之後的日子裏，這種遺憾的感覺一定時常纏繞着衛斯理，以至多年後，在一種敵對的狀態下，突然見到心中的偶像，衛斯理情緒之複雜實在難以言表。

在後面的故事中，衛斯理和黎明玫不出意料地化敵為友，一同對抗「死神」唐天翔。兩個人並肩作戰，一

番激烈搏鬥後，黎明玫不幸被「死神」的子彈擊中胸口，傷勢嚴重，生命垂危。

衛斯理輕輕擁着黎明玫，讓她依在自己懷裏，然後從她的褲袋中摸出一小瓶藥，向她的傷口處倒去。黎明玫痛得緊緊握住了衛斯理的手臂，但卻一聲不吭，令得衛斯理心中，對她異常地欽佩。

而當衛斯理想帶黎明玫去找醫生時，黎明玫微閉着雙眼，低聲道：「不……不用，我……願意靠……着你……」

在這種生死相依的環境中，最容易讓人心緒激盪。衛斯理聽了黎明玫的話，呆了一呆，將黎明玫抱得更緊一點，又輕輕的在她的額角，吻了一下。黎明玫的嘴角上，泛起一個極其神奇，難以捉摸的微笑。這個微笑，直接擊中了衛斯理的心，讓他無法分辨自己對黎明玫的感情，是崇拜還是愛情了。

（三）

在見到黎明玫之前，衛斯理是和石菊在一起的。

石菊是一個青春少女，她愛上了像哥哥一樣關心她的衛斯理，而衛斯理對石菊也並非毫無感情，若沒有黎明玫，說不定他也會和石菊談上那麼一場浪漫的戀愛，但是，當衛斯理見到黎明玫之後，在他心中，石菊的印象，便完全被黎明玫所代替了，黎明玫的出現，導致石菊直接出局。

從衛斯理的反應來看，他對黎明玫絕對屬於一見鍾情。也許在這份愛情的背後，有着多年景仰的支撐，一旦幻影變為真實的存在，心底的情感立刻噴勃而出，他的眼裏再也沒有別人，只有她！

但是，黎明玫有沒有愛上衛斯理？我認為並沒有。

或許她在被他吻上的那一瞬間，有過那麼一絲心動，但這絲心動，並不足以撐起她對他的愛情。因為和黎明玫相比，衛斯理實在顯得很年輕，也很不成熟。

而黎明玫，在短暫的三十餘年的歲月裏，所經歷過的事情，遠遠超出衛斯理的想像。

黎明玫年少成名，很早的時候，就已經是北太極門

長輩級的存在，本該是人生贏家，但不幸的是，在她 17 歲那年，被北太極門掌門石軒亭所誘姦，而且還懷上了女兒石菊！

更糟糕的是，石軒亭為了保全掌門的聲譽，竟想對黎明玫殺人滅口！無奈之下，黎明玫甘冒背叛師門的罪名，換來女兒的安全，孤身一人浪跡天涯，人生軌跡一下子跌入谷底。

在這樣的情形下，黎明玫又度過了十七年的歲月。她依舊是一個風采照人的女子，依舊有着令人難以抗拒的魅力，但是在這背後，沒人知道她有着多少的辛酸無法對人訴說。黎明玫其實沒有那麼堅強，她也需要有個依靠，但她需要的，是一個能夠保護她，給她足夠安全感的成熟男人，而不是血氣方剛的小夥子。

如果沒有「死神」唐天翔，黎明玫也許還有那麼一點可能和衛斯理在一起（不是因為愛，而是因為感激），但是，由於「死神」唐天翔的存在，衛斯理變得一點機會都沒有了，黎明玫對衛斯理的感情，完全是姐姐對弟

弟的那一種，疼愛、憐惜，可就不是愛情。

如果說衛斯理對黎明玫的愛是明寫，那唐天翔對黎明玫的愛則是暗寫。

唐天翔，外號「死神」，如果形容一個無惡不作的匪徒，也可以用「傑出的」這一個形容詞的話，那麼，他便是一個本世紀最傑出的匪徒，最偉大的匪徒，他所進行的犯罪活動，範圍之廣，簡直是不可想像的，他殘殺同道的手段，也是駭人聽聞的，以致人們稱他為「死神」！各國警局的資料室中，莫不將他的資料，列於頭等地位。

聽起來很可怕，但這樣一位傳說中無惡不作的匪徒，在衛斯理眼中，卻又是另一番模樣。

衛斯理看到的唐天翔，是一位年紀在五十上下的中年人。他的臉上，一直保持着一種極其優雅的微笑，他穿着筆挺的西裝，戴着金絲邊眼鏡，手中握着一條黑沉沉的手杖，看起來，就是一位受過高等教育的中年紳士。

一位受過高等教育的優雅紳士，同時也是一個窮兇

極惡的匪徒，雖然不是不可能，但總覺得有些地方不太對頭。很多時候，傳說會比現實誇大許多，一個人出了名，很多別人做的事，也會加到他的頭上，我有理由相信，對於「死神」唐天翔的傳說，亦是如此。

（四）

與衛斯理相識之前，有一段時期，黎明玫是與唐天翔合作行事的。

如果唐天翔真是無惡不作的話，嫉惡如仇的黎明玫（有着懲戒上海黑社會黨魁的記錄）又怎會選擇與他合作？其中必有隱情。

作為匪幫首領，唐天翔自有其過人之處，合作久了，兩人產生惺惺相惜之情，也屬正常。唐天翔擁有黎明玫所需要的一切：有錢、有才、溫柔體貼、成熟幹練。這樣的他，正是飽受風霜的她所需要的。

看看衛斯理對唐天翔的形容：優雅的中年紳士。再看看衛斯理對黎明玫的形容：體態優雅。作為旁觀者，在衛斯理眼裏（即使是無意識的），唐天翔和黎明玫實

在也是非常相配的一對。

　　雖然書中沒有提到黎明玫對唐天翔的感情究竟如何，但唐天翔對黎明玫的感情，卻是很能夠看得出的。作為旁觀者，衛斯理也沒有想到，像「死神」這樣的一個強盜，在戀愛上竟是那樣地紳士，他顯然一直在愛着黎明玫，但只怕也從來未曾對黎明玫吐露過他的心事。

　　一個匪幫首領，能夠如此紳士地對待自己喜愛的人，只能說明，他對她，完全是真心真意的愛情！

　　至於曾槍傷黎明玫，那是在他以為黎明玫移情別戀衛斯理的情形下發生的誤傷行為。要知道，唐天翔畢竟是一個匪幫首領，一旦吃起醋來，其反應非常人可以揣測。不過，當他發現黎明玫對衛斯理的感情並非愛意時，便立刻請來最好的醫生為她悉心醫治。

　　中年唐天翔，是一個相當成熟的男子，一旦對黎明玫表露心跡，之後所採取的愛情攻勢，也必然是初出茅廬的衛斯理所無法相比的。黎明玫願意嫁給唐天翔，更大程度是感受到了他的這份愛意。

　　的確，黎明玫是不願意看到衛斯理受傷，但卻不是怕衛斯理被唐天翔傷害，而是怕他被自己傷害。長痛不如短痛，嫁給唐天翔，也好斷了衛斯理的念想。

　　而且，黎明玫知道女兒石菊也愛着衛斯理，她又有甚麼理由不成全女兒的愛呢？之前受傷時躺在衛斯理懷裏的情景，就當作是一個美好的回憶吧。

　　可是，黎明玫錯了，也可以說，她其實並未真正了解衛斯理。衛斯理對石菊的感情，自始至終，和黎明玫對衛斯理的感情一樣，只是一種類似親情的關愛，而石菊對衛斯理，卻是一種少女式的，幻想多於現實的愛情。

　　所以，當石菊得知衛斯理愛的是黎明玫之後，情緒幾乎崩潰。她將自己，假設了一個三角戀愛的局面，又將自己當做一齣愛情悲劇的主角，在和衛斯理一起遇險時，她瘋狂地想以毀滅自己的方式來救衛斯理，她以為自己正在進行着「偉大」的行為！

　　石菊的行為，看在衛斯理眼中，只覺得她很是可憐，卻也很是自我，然而反觀衛斯理，又何嘗不是這樣？

在故事的最後，黎明玫為了救衛斯理，不幸被石軒亭一掌擊中，眼見無救的時候，衛斯理也開始了他的幻想，他認為黎明玫是愛他的，她離開自己，和「死神」在一起，甚至和「死神」結婚，全是為了救自己和石菊。

看起來，衛斯理和石菊的內心戲，倒真沒甚麼本質區別。再看唐天翔，一個匪幫首領，為了妻子的故去而心灰意冷，從此退出江湖，這份愛情，才更顯深沉！

（五）

石菊陪着衛斯理葬了黎明玫，衛斯理的一舉一動她都看在眼裏，她知道自己永遠也無法走進衛斯理的心，唯有黯然離去。其實，不僅是石菊，內心同樣黯然的還有衛斯理。

最喜歡故事末尾那一段：

我在開始的一個月，幾乎每天都徘徊在黎明玫的墳前，低聲地叫着她的名字，回憶着她和我在一起時的每一件細小的事，而每每在不知不覺中，淚水便滴在她的墓碑之上。

每次讀到這一段的時候，我總能感受到衛斯理那種悲傷的情緒，忍不住也落下淚來。

巴斯契亞在哪裏 |

　　衛斯理身為大冒險家，足跡踏遍世界各地，從亞洲到
歐洲、從非洲到美洲、從赤道到南極、從空中到地心，無處
不有他的行蹤，甚至連浩淼宇宙中，也屢屢出現他的身影。

　　閒暇時，我曾對着牆上的世界地圖發下宏願（當年家
用電腦還未普及，只能看紙質地圖），要逐一找出衛斯理
故事中出現過的每一個地名，然後親自去這些地方遊覽一
番，再寫一本《跟隨衛斯理的腳印》的旅遊書。但是，一
來工程浩大，二來資金有限，三來有些地名根本就是虛構，
所以，找了幾次之後便無以為繼，宏願也被高高掛起。可即
便如此，在可數的幾次尋找過程中，卻也得到過不少歡樂，
像衛斯理的首本戲《鑽石花》中出現的地名，就帶給我一
次有趣的經歷。

　　故事以衛斯理與石菊尋找沙漠之狐隆美爾的寶藏而展
開，石菊在機緣巧合下得到了寶藏圖，藏寶圖上記錄着巴
斯契亞（Bastiz）這個地名。

我一眼看去，便可以看出那幅地圖上所畫的，是義大利附近，法屬科西嘉島。

……

在地圖上，文字並不多，只有巴斯契亞（Bastiz）這個地名，而在巴斯契亞，和另一個小島（那是厄爾巴島）之間，有着一個黑點。在黑點旁邊，寫着一個德文字，譯成中文，是「天堂在此」的意思。當然，那是指，寶藏在此而言。

小說讀到這裏，我停了下來，放下書，來到地圖前，將目光聚焦在法國範圍內。

科西嘉島非常出名，很好找也不必找（太有名就失去了「找」的樂趣），但是Bastiz這個地名我卻非常陌生，於是在地圖前佇立良久，根據故事中的線索，慢慢尋之。

照理說，故事中對Bastiz的地理位置有着明確的指示，應該不難找，可是我搜尋良久卻一無所獲，正覺奇怪，突然瞥見有一個地名喚作「Bastia」，和Bastiz僅一個字母之差，不由得心中一動。

從發音來看，Bastiz 無論如何都發不出巴斯契亞的音，倒是 Bastia，才和巴斯契亞發音一致，而 Bastia 的地理位置，又和故事中描述的一致，是科西嘉島上的一個城市。

我在地圖上又再檢查一遍，並未發現第二種可能，於是確定，就是它了，故事中的巴斯契亞一定就是這裏！至於 Bastiz，一定是當年出版單行本時，編輯未能校對出來的一個小錯誤！想到這裏，我突然產生一種莫名的成就感，心中竊喜不已。

趁着興奮感還未退去，我又從書櫃中翻出幾本關於法國的旅遊書，詳細看了看巴斯契亞的簡介（還是因為當年沒有互聯網，不然哪用得着翻書那麼麻煩）。

這是個位於法國科西嘉島東北部的商業小城，1975年成為科西嘉大區上科西嘉省的省會，至今仍保留着地中海式風情。它的歷史性建築、開滿各色鮮花的陽台、古老的街道、塗漆的百葉窗以及高聳的房屋都絕對值得遊客前去遊覽觀光。

看起來真是一個很不錯的小城，我暗想，以後有機會必然要跟隨衛斯理的腳印，實地觀光一下，才不枉倪匡先生親封的「衛斯理專家」稱號。

查完地圖，繼續看故事。在故事的結尾，衛斯理、石菊、黎明玫、唐天翔，還有北太極門的掌門石軒亭，他們之間最後的大決戰，戰場就在巴斯契亞之北，一個名叫錫恩太的小村中。

正是在錫恩太村，衛斯理失去了他的摯愛黎明玫（衛斯理的第一個故事中，還未有白素），也正是在錫恩太村，衛斯理與他的情敵「死神」唐天翔一「哭」泯恩仇。

同樣，我在地圖上也沒有找到錫恩太村，直到多年之後，有了網路，有了 Google 地圖，錫恩太村才終於浮出水面。這裏果然是個極小的小村莊，它位於巴斯契亞東部，當地居民以法語為官方語言，錫恩太的外文地名 Suerta 用法語發音，恰好正是錫恩太！

故事中，倪匡先生對錫恩太村的描寫，很是細緻，看得出，他是認真查過資料的。在他筆下的錫恩太村，

正是一個小得可憐的村子，甚至比現實中的錫恩太村更小！這裏只有七八戶人家，村東有一個大倉庫，堆着剛割下的麥苗。小村居民的生活，平靜而又幸福，令人不忍心去破壞他們、打擾他們。

可惜的是，在故事中，這樣的幸福生活還是被打破了，各路人馬進行了一場大混戰，黎明玫和石軒亭這對冤家對頭同歸於盡，石菊失去感情寄託黯然離去，「死神」唐天翔心灰意冷退出江湖，衛斯理整日灑淚於黎明玫的墓前，海底寶藏原是幻夢一場……

《鑽石花》是一個令人傷感的悲劇故事，但巴斯契亞和錫恩太村卻又是如此令人嚮往，這樣的反差，實在讓人感慨不已。

美麗的誤會 |

　　若干年前，我從網上偶然收到一套品相極佳的舊版衛斯理小說，心中喜悅自不必說。要知道，倪匡先生向來「貨出不改」，寫好的文章，從來不會去修改（所以才會有著名的「南極白熊」典故），難得的兩個例外是早期的幾十個衛斯理故事和全部的女黑俠木蘭花故事，所以，舊版衛斯理小說，一直是我的收藏目標。

　　收藏舊版的目的，除了想看看衛斯理故事的原貌，更大的想法是將新舊版的文本作一番比對，這也是研究倪匡作品所必須做的工作（就像金庸作品，版本考已經出版了好幾本書，而要研究倪學，版本考也是必不可少的）。

　　然而這一比對，卻被我發現了一個驚天大秘密！

　　各位衛斯理書迷，考考你們，有誰知道衛斯理那位刁蠻不講理的管家，老蔡的名字叫甚麼？

　　我敢說，即使是最資深的衛斯理書迷，一定也無法

回答出這個問題，因為在新版的故事中，根本就沒有提到過老蔡的名字。是的，一百四十五個故事，一次都沒有提到！

有人會說，既然書中從未提到，那你這個問題就不能成立。

哈哈哈哈，我大笑四聲（學倪匡先生的招牌笑聲），若是真的沒有答案，我又豈會提出這個問題？老蔡的名字，答案就在舊版的故事裏！

話說那一天，天氣很陰沉，又熱，是叫人對甚麼事都提不起勁來的壞天氣，起身之後，還不到一個小時，我已經伸了十七八個懶腰，真想不出在那樣的天氣之中，做些甚麼才好，想了想，從書櫃中翻出舊版的衛斯理故事——還是看衛斯理小說比較能夠打發時間。

隨手取出的，是一本叫做《古聲》的小說。之前的新版，看了不知多少遍，但舊版，還是第一次看，索性又找出新版，兩本書放在一起，逐字逐行地比對起來。故事的開頭，是這樣的（括號中是舊版的文字）：

天氣很陰沉，又熱，是叫人對甚麼事都提不起勁來的壞天氣，起身之後，還不到一小時，我已經伸了十七八個懶腰，真想不出在那樣的天氣之中，做些甚麼才好，當我想到實在沒有甚麼可做時，（我）又不由自主，接連打了好幾個呵欠。

有意思，故事中的衛斯理竟然和我一樣，遇到一個無聊的壞天氣，而舊版與新版的區別，也僅僅是舊版多了一個「我」字。真無聊，我心想。但既然本來就無聊，多做一件無聊的事（比對新舊版）似乎也不會變得更無聊，於是繼續往下看：

白素到歐洲旅行去了，家裏只有我一個人，使得無聊加倍，翻了翻報紙，連新聞也似乎（連帶着變得沉悶起來）沉悶無比。

這一段，變化略多一點，但也僅僅是語句精簡度的差別，我學着衛斯理，又打了好幾個呵欠，再看下去：

（我又伸了一個懶腰，）我聽到門鈴響，不一會，（志

崇）老蔡拿了一個小小的盒子來：「郵差送來的。」

我剛想再打幾個呵欠，但突然愣了一下，似乎哪裏有甚麼不對，趕緊將目光再次聚焦在這一段。

「志崇」？在舊版中，老蔡居然變成了「志崇」？

志崇是誰？我又愣了一下，幾秒鐘後，我突然把書一扔，興奮地大叫起來（幸好家裏沒人，不然一定以為我發神經）！

我知道了，這個「志崇」就是老蔡！老蔡的名字叫做「蔡志崇」！

我激動萬分，我發現了老蔡的名字，這在倪學研究中，可真算得上是一個重大發現！我的興奮愈加強烈，有一股要把這個發現立刻向全世界衛斯理書迷宣佈的衝動，於是，我打開電腦，將這個發現，詳詳細細寫成一篇短文，甚至還自以為幽默地加上一句：「說不定，老蔡和台灣著名漫畫家蔡志忠還有着親戚關係呢。」鼠標一點，立刻傳上了互聯網。

沒多久，閱讀者越來越多，大量的點讚和諸如「真

厲害」、「佩服你」的留言讓我不由自主地飄飄然起來。但是，陌生人的稱讚並不能讓我感到滿足，只有同樣堪稱衛斯理專家的朋友稱讚我，才能讓我的虛榮心得到昇華，於是，我將這個大發現，又通過郵件發給了紫戒兄。

紫戒兄是「倪學網」的創立者，也是倪學七怪之一。他發表過許多關於倪匡作品的研究文章，字字珠璣，是我非常敬佩的一位朋友。雖然他未能被倪匡先生封為「宇宙三大衛斯理專家」，但私底下，我卻認為，他的倪學研究成就，絕不亞於三大專家，之所以未能在列，完全是因為他與倪匡先生私交並不太熟悉的緣故。

卻說紫戒兄收到我的郵件後，很快發來回郵，點開一看，不由得一愣。在回郵中，紫戒兄先對我的大發現作了一番恭喜，然後謹慎地表示，僅以新版的老蔡在舊版中喚作志崇，就認為老蔡的名字是蔡志崇似乎有些不夠嚴謹。

紫戒兄的理由是，因為衛斯理的管家向來是老蔡，絕無第二人，而老蔡這個名字也早已深入人心，突然在某一個故事中，改稱其為「志崇」，會讓讀者有莫名之感，

這對於連作小說的創作，並不合適，也是無意義的。連作小說之所以為連作小說，是因為故事和人物有延續性，能讓讀者產生親切感，而衛斯理故事，就是非常典型的連作小說。

紫戒兄的這番分析合情合理，但也猶如一盆冷水，將我的興奮完全澆滅。衝動一消退，大腦便清醒了許多，我開始冷靜下來，仔細地思考，這個「志崇」到底是怎麼回事。

「志崇」、「老蔡」……我盯着這兩個名字，在心裏翻來覆去默念了好幾遍，突然靈光一閃，有了一個新想法，趕緊再次發郵件給紫戒兄，想聽聽他的意見。

這次，紫戒兄認同了我的新想法，但是我們還是不放心，又發郵件和「宇宙三大衛斯理專家」之一的葉李華教授展開討論，幾番郵件往來，三個人終於達成一致，確認了我的這個新想法，應該就是最接近事實的可能，甚至乎，直接說是事實也不為過。

有的朋友可能會抗議：你快說吧，別吊人胃口了！

好吧，這就宣佈答案。

答案就是：原本就不存在甚麼「志崇」，只是出版社在排版印刷時，將「老蔡」誤植為字形相近的「志崇」，這才造成了我之前的誤會！

看，一件看似很神秘很複雜的事情，說穿了，一點也不稀奇。老蔡就是老蔡，而志崇，只是一個美麗的誤會。

馬超文之謎 |

　　馬超文是誰？估計不會有太多讀者能想得起來，就連自詡熟讀倪匡作品三百篇的我，若不是重溫「女黑俠木蘭花」故事，也早就把這個人物拋在九霄雲外了。然而，說起馬超文的女朋友，那可真是了不得，有誰會不知道活潑可愛、性格爽朗的女黑俠穆秀珍呢？

　　不對，這位朋友說了，只記得穆秀珍和雲四風由相愛到結婚，何時又冒出一個馬超文來？也難怪大家會想不起來，畢竟在木蘭花故事中，馬超文的存在感實在太弱了一點。不過，這不要緊，我們先來看看馬超文和穆秀珍的戀愛經過吧。

場景一：木蘭花姐妹家中，馬多祿夫婦前來求助，希望
　　　　木蘭花和穆秀珍救救他們的小兒子馬超文。

　　　（馬多祿雖然面帶憂戚，但仍是一副有錢人的氣派。）

　　「哼！有錢了不起嗎？」穆秀珍心想，「瞧瞧你們的大兒子，平時只知道流連於夜總會，和別人爭風吃醋，對社會一點貢獻也沒有，你們的小兒子，又會是甚麼好東西！」

　　（馬太太聲淚俱下懇求木蘭花。）

　　「我才不想去救這種人呢，就讓蘭花姐自己去救好了。」穆秀珍撇了撇嘴，心裏滿不當回事。

　　（為博得木蘭花姐妹的同情，馬太太一個勁地誇獎自己的小兒子。）

　　「啊，原來他不是花花公子，還是個科學家，倒是沒有想到。」穆秀珍一陣驚訝，忍不住眨了眨眼。

　　（馬多祿也加入誇獎小兒子的行列。）

　　「立志科學研究，不願花家裏的一分錢。」穆秀珍點點頭，心中暗暗讚嘆，卻在不知不覺間，竟脫口而出，將心中所想講了出來：「好，有志氣！馬先生，想不到你居然還有這樣的一個好兒子！」

　　這，大概就是穆秀珍對馬超文最初的印象吧。

場景二：飛機貨艙內，穆秀珍和馬超文分別被敵人關在
　　　　兩個木箱中。

（穆秀珍費盡九牛二虎之力，總算在木箱上鋸開了
一個可以供她鑽出來的大洞，當她好不容易鑽出來的時
候，長長吁了一口氣。）

「累死我了！」穆秀珍心想，「哼，這群壞蛋，這
樣就想困住我，也不看看我是誰！咦，這邊還有一個木
箱，裏面好像也關着一個人，不管它，先救人好了。」

（穆秀珍撬開木板，掀開蓋子，還沒等她看清箱子
裏的情形，突然跳起一個人，拿着一個氧氣罐頭劈頭蓋
腦就砸了下來。）

「我的天！」穆秀珍大叫一聲，一掌將那人劈回木
箱中，重新將蓋子蓋上。

「放我出來，放我出來。」箱中人大喊。

「呸！」穆秀珍道：「你一出來就打我，我為甚麼
還要放你出來？」

（箱中人不再出聲。）

　　「你是甚麼人？」穆秀珍俯身向木箱的縫中張望，希望看清楚箱子中是甚麼人。

　　箱中人沉默片刻，才道：「笑話，你們不知我是甚麼人，將我關在箱子中作甚麼？」

　　「烏龜王八蛋才是將你關在箱子中的人，老實和你說，我和你一樣，也是被人家關在箱子中的，只不過我夠本領，逃了出來，不像你那樣，要我來放你！」穆秀珍得意地回答。

　　「那麼，你又是甚麼人？」

　　「我叫穆秀珍，我是木蘭花的妹妹。」

　　「穆秀珍，木蘭花——」箱中人沉吟了一下，道：「我是馬超文。」

　　「馬超文？」穆秀珍手在箱蓋上一按，跳了下來，「馬超文，啊哈，啊哈，人家找得你好苦。你卻在這裏優哉遊哉，哼，你們這種花花公子，真不是東西。」

　　（馬超文從箱子中站起來，捂着剛才被穆秀珍一掌劈中的地方，神情十分憔悴。）

「他就是馬超文？」穆秀珍還是第一次見到馬超文，她吃了一驚，「他怎麼一點也不像他哥哥？看起來就是一個很正派的知識青年嘛。」

（馬超文慢慢抬起頭，看到了嬌秀美麗的穆秀珍，也不禁一愣。）

「她就是穆秀珍？」馬超文有點不相信自己的眼睛，「她和木蘭花不是鼎鼎大名的女黑俠，怎麼看起來並不像是孔武有力的樣子？」

「你盯着我看幹甚麼！」穆秀珍叫道，卻不知自己也正直愣愣地盯着對方看。

「哦，哦，對不起！」馬超文趕緊道歉，心裏卻暗自好笑：「這姑娘還真有意思。」

這，就是穆秀珍和馬超文的第一次邂逅。

場景三：還是在機艙內，二十多個匪徒，用槍指着穆秀珍和馬超文。

（一個刀疤臉揮了揮手中的槍，威脅着穆秀珍和馬

超文：「這柄槍所發射的，不是子彈，而是在四秒鐘內致人死命的毒針！」）

「甚麼情況？」穆秀珍嚇了一大跳，不由自主地往後退了一步，心中暗想，「怎麼飛機上有這麼多匪徒？」

「穆小姐，別怕！」馬超文踏前一步，擋在穆秀珍身前。

「呸！誰害怕來？」穆秀珍大聲反駁，立刻又踏前一步，超越了馬超文，「這正是我大顯身手的好機會，誰要你這個書呆子安慰我，顯得我好像很膽小的樣子，真是氣死人！」

「你們是甚麼人，為甚麼將我們囚禁？」馬超文也踏前一步，再次擋在穆秀珍身前，沉聲發問。

「這傢伙看起來文質彬彬，沒想到還挺勇敢的。」穆秀珍心中一熱，緊接着又踏前一步，站到馬超文身前，心中又想，「算了，不生他的氣了，他這麼弱，還是我來保護他吧。」

（兩個人越走越前，刀疤臉反倒後退了兩步，連忙

喝道：「站住。不准動！」）

（穆秀珍停了下來，她想擺擺手，讓馬超文也停下來，但是卻發現，不知從甚麼時候起，自己的手和馬超文的手緊緊地握在了一起。）

「怎麼回事？我怎麼會去拉他的手？」穆秀珍身子一震，連忙縮回手來，心中一片迷茫。

「啊，我怎麼拉着穆小姐的手？」馬超文也是一愣，趕緊轉過頭，抱歉地笑了一下。

（穆秀珍低下頭去，她從來也不是害羞的人，但這時，她卻自然而然地低下了頭去！）

這，也許就是讓穆秀珍和馬超文對彼此動心的關鍵時刻吧。

之後的故事，就像大多數的愛情故事一樣，穆秀珍和馬超文在患難中相識，奠定了深厚的感情基礎，很快地，兩個人的感情就進入到熱戀期，成為令人艷羨的恩愛情侶。

如果他們的感情就此發展下去，最大的可能就是步

入婚姻殿堂，成為彼此的終身伴侶。但是，別忘了穆秀珍可是女黑俠，除惡揚善的女黑俠，而馬超文卻是文質彬彬的弱書生，手無縛雞之力，若是讓馬超文成為穆秀珍冒險生活中的終身伴侶，顯然並不是一件明智的事。

就連穆秀珍自己，後來也意識到了這一點，在機場等待馬超文從國外學成歸來的時候，她已經想好，要馬超文放棄外國企業的聘書，仍然住在香港，因為她不想離開這個美麗的城市。

穆秀珍畢竟單純，這樣的事，並不是馬超文願意放棄外國企業聘書就可以解決的，馬超文喜歡過普通人的生活，而穆秀珍卻熱愛冒險，兩人即使勉強相處，日後也勢必會產生很多現實問題。

其實，在《神秘高原》這個穆、馬二人定情的故事後，馬超文的戲份已經開始逐漸減少，再也沒有和穆秀珍一起參與過冒險活動，更多的只是閒暇時的陪伴和穆秀珍受傷後的照顧，這樣就顯得十分尷尬，彷彿馬超文成了一個多餘的人（對穆秀珍來說也許不多餘，但對故事的

發展而言卻是多餘的）。

　　倪匡先生可能也意識到了這一點，從《高空喋血》到《旋風神偷》這五個故事，根本就沒有出現馬超文的身影（甚至都沒有交代他去了國外留學），而且還在《旋風神偷》中安排雲四風出場，並讓雲四風對穆秀珍一見鍾情。雲四風身手矯捷，有着聰慧的頭腦和沉穩的性格，正是穆秀珍冒險生活的最佳伴侶。在穆秀珍看來，這是她第一次有了感情煩惱，而在我看來，這應該是倪匡先生計劃讓馬超文退場的前奏。

　　本來以為先生會讓馬超文和雲四風有一段情敵對抗，然後再慢慢退場，沒想到，到了《天外恩仇》這個故事，事情一下子便有了分曉。

　　故事一開頭，還是喜氣洋洋的。穆秀珍在馬家等待馬超文從國外學成歸來，然後立刻舉行訂婚儀式，但是，喜慶的氣氛突然一下子急轉直下，快得讓人一點思想準備也沒有，馬超文乘坐的飛機在空中爆炸，所有乘客全部罹難！

　　我雖然想到倪匡先生會安排馬超文退場，卻沒想到
會用這樣慘烈的方式，馬超文實在太慘了！

　　然而更慘的是，當我日後和倪匡先生閒聊時，曾問
他：「先生當年寫木蘭花故事，寫到雲四風出場時，是
否就想過要安排馬超文退場？」

　　先生一臉茫然：「馬超文是誰？」

　　我一捂臉：「馬超文是穆秀珍的初戀男友。」

　　先生還是一臉茫然：「連這個人的名字都很陌生。」

　　我：「……」

　　嗚呼，馬超文何辜，竟成為已被徹底遺忘的那一個！
先生當年的創作思路，也就此成為一個永遠的謎。我實
在不忍看到這樣一個有為青年從此消失在茫茫人海中，
特地寫下短文一篇，以紀念穆秀珍少女時期的初戀。

　　初戀總是美好的，是不該被遺忘的，不是嗎？

阿霖是誰 |

（一）

　　一群喜愛倪匡小說的朋友聚在一起，百無禁忌地閒聊着，話題自然全都圍繞着倪匡先生以及他的小說。

　　不知是誰，提出了一個建議，讓大家都來說說自己心中最喜歡的倪匡小說人物。這個建議很有趣，立刻得到了大家的熱烈回應，我作為聚會的發起人，當仁不讓，第一個舉手發言。

　　我最喜歡的倪匡小說人物，當然是大偵探小郭。這一點，其實大家早就知道，因為我早已在《倪匡筆下的一百零八將》這本書中寫過，朋友們也都看過我的書，所以，大家哄笑着讓我閉嘴，好將發言機會留給別人。

　　發言很踴躍，朋友們心中最喜愛的人物也五花八門，各不相同，但說來說去，總也脫不去陳長青、齊白、溫寶裕這些常見人物，有幾位朋友能提出高達、雲四風、都連加農已屬不走平常路，更有甚者，最喜歡的人物居

然是藍血人方天，問其理由，竟是「他太可憐了，可憐到我忍不住想要喜歡他。」（這位朋友是女性，自然可以「母性大發」。）

　　然而，還有一位朋友，卻在角落裏喃喃自語。由於離得遠，大家都聽不清他在說甚麼，我不耐煩起來，用並不怎麼客氣的語氣道：「請說大聲一點，讓大家都能聽到！」

　　（熟朋友就是這點好，就算我語氣不善他也不會生氣。）

　　那位朋友抬頭看看我，又看看大家，嘴裏不知嘟囔了幾句甚麼，然後，從他口中吐出一個名字來：「阿霖。」

　　阿霖？阿霖是誰？

　　在座的各位全都愣愣地看着那位朋友，就連被倪匡先生稱為「宇宙三大衛斯理專家」的我，也都呆立當場。

　　別看我呆立着，大腦可是一刻不停地在記憶中迅速搜索着倪匡先生筆下的所有人物，然而過了五分鐘，仍是一無所獲，我不得不承認自己失敗了。我非常不情願，

悻悻然地對那位朋友道：「敢問閣下，阿霖是誰？」

那位朋友似乎沒有想到，竟然會沒有人知道他最喜歡的阿霖到底是誰，正一臉茫然時，突然聽到我問他，趕緊回答：「阿霖是影子的僕人呀。」

一聽到「影子」兩個字，我恍然大悟，一拍大腿，叫道：「原來是他！」

難怪沒有人知道阿霖是誰，因為阿霖這個人物，實在太微不足道了。他是倪匡先生筆下一個極不引人注意的小系列「影子傳奇」中的一個極不起眼的小角色。

本來「影子傳奇」就很冷門，再加上阿霖是冷門中的冷門，沒有人記得，倒也不是甚麼奇事。奇的是那位朋友竟會把這樣一個冷門到極點的人物視作最喜歡的人物，真是不可思議。

追問那位朋友，他喜歡阿霖的理由是甚麼，他道：「阿霖甚麼事情都能夠幫影子安排得無微不至，處處妙到毫巔，而又能夠極度顧及影子的面子，往往讀來感覺像是神僕一樣。」

　　我腦海中頓時冒出另一個和阿霖頗為相似的人物來，於是笑着對那位朋友道：「看來，阿霖和衛斯理名下出入口公司的經理有機會成為好朋友。」

　　那位朋友也笑：「我知道那個經理，你曾將他評為頂級人物。」

　　頓了頓又道：「阿霖這個人物，我個人非常非常喜歡，而且在他身上，可以投射出許多現代觀念來，我讀的都恨不得把書拿來狠狠地搖動，把他從書裏給抖出來。」

　　他自顧自地繼續道：「因為感覺除了倪匡先生，不可能有其他人能夠寫出這樣活靈活現又深合我心的這樣一個人物。看來看去，忽然發現阿霖是到目前為止看到的寫得最好的神僕啊。」

　　我被他的這番話說的一愣一愣的，還沒等反應過來，那位朋友竟開始長篇大論起來：「突然想起我剛剛看完的小美人魚電影，裏面的王子坐在地上，隨時隨地把骨頭往外面丟，然後小狗就不斷地給他叼過來，叼了一次又一次，他就當成是玩兒，忽然手一伸，骨頭沒有回到

手邊了，然後聽到汪汪聲，回頭一看，原來是女朋友來了。阿霖就像這個小狗，陪伴和曲意用心地幫助主人，同時有自己豐富的性格和情感。」

那位朋友滔滔不絕地說着，我完全不明白他想表達的意思，不過，看他的神情是如此認真，倒也不忍心打斷他。一個不起眼的小人物，竟被他讀出那許多大哲理來，突然之間，我有了一種也許他就是阿霖轉世的錯覺。

那位朋友突然又道：「老爺子寫小說真的是邊想邊寫的。前幾天我做夢，夢到他在一口井裏變成了一本書。」

這是甚麼怪夢？聽起來非常意識流的感覺，我剛想問他，變成書之後又怎樣，他卻害羞地一笑，自言自語道：「太私人了，更多的不好說了。」

我頓時絕倒，眾人聞之亦皆絕倒。

（二）

朋友的特殊喜好，引起了我對阿霖的興趣，於是，我從書櫃裏找出「影子傳奇」的兩本書來（《智鬥血魔王》

和《寶石眼》），狠狠地抖了一抖，彷彿真的能把阿霖從書裏給抖出來一樣。

可想而知，這樣做當然沒有結果，不過，阿霖不出來沒有關係，我可以到書裏去找他。

當我找到阿霖的時候，他正在向影子請示，要不要將魔王高泰手下十二大將中的「虎」白蘭音帶進屋來。

阿霖是影子的僕人，卻也是他的好朋友。和影子相比，阿霖一生的傳奇經歷毫不遜色。早幾年，由於他殺死了一個勾引他妻子的毒販而面臨牢獄之災，是影子將他救了出來，自此以後，他再也不提往事，一直成為影子的僕人。

這是對阿霖最簡單而又最精準的介紹。

也許因為阿霖本身就很有來歷的緣故，在影子的故事裏，他的作用，遠遠大於衛斯理的經理人。他不僅可以照料好影子的日常生活，管理好影子的衣食住行（這些，衛斯理的經理人也能做到），還能在影子進行冒險活動時，作為他的最佳拍檔，給予他最好的幫助（這些，衛斯理的經理人就無法做到了）。

反觀影子這傢伙，簡直浮誇之極。看完他的兩個故事，會產生一個很大的疑問，像影子這樣的人，是怎樣活到現在的？真是沒有天理！

倒是阿霖，更像傳奇故事的主角。每次在影子頭腦發熱準備要做蠢事的時候，阿霖總是第一時間進行勸阻；每次在影子的行動計劃出現疏漏時，阿霖總是搶先提出更完善的方案；每次在影子犯錯誤之後，又是阿霖，出來善後，替影子擦屁股。阿霖唯一不如影子的地方，也許是他不近女色，甚至痛恨女人吧。

阿霖痛恨女人，這和他以往的經歷有關，看起來他好像是個不懂浪漫的人，但其實，他和影子之間，倒是很有一些屬於男人的浪漫。

在和影子一起行動時，阿霖雖然會勸阻影子，會提出相反的建議，可一旦影子下定決心，準備一意孤行的時候，他卻可以立刻拋下自己的意見，全身心地與影子站在相同的立場，和影子並肩作戰，哪怕明知道這場戰鬥必輸無疑，也絕不後退半步，最多失敗了再來善後就是。

　　這是阿霖的優點，也是他的缺點。阿霖對此有着清醒的認識，所以當影子真情流露，高興地對阿霖說：「阿霖，你終究是我的好朋友。」阿霖卻只是漠然地回答：「不！我不是你的朋友，是你的朋友，我一定不會幫着你去玩火。」

　　多麼浪漫的對話！

　　阿霖有着比影子更敏捷的身手和更機智的頭腦，還有着影子所不具備的冷酷、堅毅、執着，他比影子更適合冒險生活。僅僅作為影子的拍檔，實在太委屈阿霖了，他配得上擁有一系列屬於自己的傳奇故事。

　　阿霖是誰？阿霖就是阿霖！

飛翔，然後到達天堂 |

在倪匡先生筆下，有三位姓「高」的傳奇人物，他們的性格非常相似，冒險經歷也如出一轍，即使將他們三人看作是同一個人的三個分身也絕不為過，這三個人就是高飛、高翔和高達。

為甚麼他們都姓「高」而不是別的甚麼姓？倪匡先生給出的答案令人莞爾：因為「高」字的草書筆畫少，寫起來簡單。

的確，上面先寫一點，下面再來一道類似阿拉伯數字 3 的曲線，草字的「高」就完成了，認真簡單！

有意思的是，三位姓高的傳奇人物，雖然各自有着各自的風光，但他們最後的命運，卻殊途同歸，很難稱得上有多快樂，更別說得到甚麼幸福。

也許，浪子的命運，合該如此吧。

（一）

先說說高飛。

　　高飛有一個外號，叫做「神仙手」。他有一雙神仙一樣的手，會在所有的賭博中做獲勝的動作，能偽冒任何人的簽名，在他雙手的動作下，幾乎字典上應該取消「鎖」這一個字。當然，他雙手的愛撫，也足以令得任何女人向他獻身。

　　看起來並沒有甚麼很了不起。當然，時代在發展，幾十年前覺得很厲害的技術，放到現在，可能就一錢不值。高飛的這些本領，很遺憾，正屬於被時代淘汰的那一類。

　　不過，也有一種本領，無論時代如何變遷，總是不會落伍的，那就是「雙手的愛撫」。只要高飛還有着這樣一種堪以立身處世的本領，那他就還不算完全被拋棄，至少不會被女人拋棄。

　　「神仙手」的外號不見得有多神氣，可就連這樣一個不怎麼神氣的外號，最後也被別人搶走，你說高飛是有多倒霉。

　　還是要從年輕人和公主的老朋友說起。那位老朋友，

是個胖子，他原先的外號是「玲瓏手」，但不知道倪匡先生是自擺烏龍，還是想借胖子之身還高飛之魂（高飛的故事在寫完三個之後就沒有繼續下去），總之，胖子的外號在若干年後，突然就變成了「神仙手」。可憐高飛，既然沒有屬於自己的單行本故事（只在雜誌連載過），自然也只好眼睜睜看着外號落入他人名下，毫無辦法可想。

這樣的高飛，你能說他是幸福的嗎？

（二）

再說說高翔。

就某種方面而言，高翔的名頭是三個「高」人中最高的，他非但是鼎鼎大名的「東方三俠」之一，而且，他還有一重更厲害的身份——他是「好比星光燦爛耀四方」的女黑俠木蘭花的丈夫。這樣的來頭，令人不得不對高翔另眼相看。

但其實，高翔也有說不出的苦衷。

最初的時候，高翔也是一個遊戲人生的浪子，高翔所經過的花叢，絕不會比高飛高達更少，而且，高翔比

諸高飛高達，還多了一個「商場最有前途的人」的頭銜。也就是說，當高飛和高達手頭緊張的時候，他們只能通過一些違法的行為，或者遊走在法律邊緣的行為，去獲取金錢，高翔則不一樣，高翔獲取金錢的手段比他們更多更高明，他可以選擇和他們一樣的賺錢手段，也可以通過正當生意來賺錢，這樣豈非比僅會偷摸搶騙的高飛高達更安全更風光，更能吸引美女的投懷送抱？

這個時期的高翔，可以說是人生魅力值最高的時期。

高翔是從甚麼時候開始，漸漸地從巔峰走下坡路的呢？大概是從他愛上了木蘭花開始吧。

別以為和女黑俠談戀愛是甚麼愉快的事。要知道，木蘭花雖然也會做一些劫富濟貧的法外之事，但是，在道德和情感上，木蘭花卻有着強烈的潔癖，她絕不會容忍自己的男友（丈夫）是一個浪子，所以，為了能和木蘭花在一起，高翔只能放棄他的浪子生涯，轉而成為警方特別工作室的主任。

不知道大家在看女黑俠木蘭花故事時有沒有發現，

當高翔還是浪子，甚至剛改邪歸正加入警方的時候，他的魅力值，還是很大的。在處理各種犯罪事件時，還有着縝密的頭腦和敏捷的身手，但慢慢地，高翔的魅力越來越小，變成常常被對手擒獲，只能靠着木蘭花去營救，到最後，高翔甚至成了木蘭花的影子，所有的風流倜儻，全被雨打風吹去，沒留下一絲痕跡。

在以前，提起高翔，大家一定都會直呼其名，「高翔」，多麼響亮的名字！而現在，提起高翔，大家則會稱呼他「木蘭花的丈夫」。「高翔」的名字不見了，取而代之的是「木蘭花的丈夫」，對於一個男人，一個曾經經歷過輝煌的男人來說，這不啻是一種羞辱，彷彿他以往的榮光都是一個幻影，他能被大家記得，全都是因為他活在木蘭花的光環下。

這樣的高翔，你能說他是幸福的嗎？

（三）

最後說說高達。

高達外號「浪子」，在某一個時期，這個名字可謂

是無人不知無人不曉。一提起「浪子高達」來，大家都
知道，必然又有一段浪漫旖旎的桃色故事將要發生或者
正在發生。

高達是一個真正的浪子，他可以對任何女人保持彬
彬有禮的態度，也可以對任何女人說濃得化不開的情話；
他可以送給任何女人名貴的珠寶，也可以給任何女人肉
體上無比的歡愉，但他就是不會對任何女人付出愛情，
因為，浪子是沒有心的。

和高達有過親密接觸的女人數不勝數，光是有記載
的，就有寶玲、鳳屏、白美玉、蘇虹、黑珍珠、水晶、
蔓玲、許芬芬、貝茜、芳婷、甘夫人、雅麗、凱德琳公主、
愛嘉、紫妮、韋金鳳、蓓莉、雌豹、夏莉……一長串軟
綿綿香馥馥的名字，若是再加上未有記載的，估計快趕
上恆河沙數了。

這樣的浪子，簡直是人生贏家，擁有着絕大多數人
一輩子都達不到的夢想生活，但是，誰知道，他也有不
幸的時候。他的不幸，來自一個叫作「杜雪」的女人。

　　沒有人知道，這個叫作「杜雪」的女人是甚麼時候出現在高達身邊的，自從她出現以後，高達變得不再像一個浪子，因為高達愛上了她！

　　浪子一旦有了愛情，那麼他就不再是浪子，也沒有資格再稱為浪子，但是，高達怎麼會愛上一個女人？這其中一定有問題！

　　果然，當我收齊了最古老最正宗的原裝正版浪子高達的故事之後（香港環球圖書出版，全八冊），我才發現，如今坊間流傳的高達故事，並非倪匡先生原著！

　　說得更準確一點，是其中的一部份內容，並非倪匡先生原著。

　　哪一部份？自然是和杜雪有關的部份！

　　在原著中插入偽作，這種情形並非罕見，但插得如此天衣無縫，卻是難得。

　　台灣萬盛出版社在引進再版浪子高達的故事時（會不會其實並未經過倪匡先生授權？），不知出於何種原因，（擴充內容增加頁數更好銷售？）請了槍手，寫下

杜雪的故事，並將其拆成一段一段，分別插入在原著中。這樣做的好處是，真偽相間，讀者很難判別出故事其實出自兩個人的手筆。

原版高達的第一個故事《血美人》結束了，但萬盛版的高達故事《血美人》卻沒有結束，在本屬原版的結尾處，杜雪出場亮相了。她一出場，就俘獲了高達的心，從此，在之後的高達故事中，杜雪便成為一個「太后」式的人物，每當高達想去做浪子該做的事時，一想到「杜太后」，他就開始畏手畏腳，再也不是以前那個瀟灑不羈的浪子了。

這樣的高達，你能說他是幸福的嗎？

（四）

高飛的故事，以故事襯托情色，邏輯情節都不重要，只求令讀者有赤裸裸的感官刺激；高達的故事，以情色來襯托故事，性愛細節不是重點，追求一個好看的故事才是關鍵；高翔的故事，高翔甚至沒有專屬於自己的故事，只能在木蘭花的光環下散發一點點自己的微弱亮光。

三個姓高的人，三個同病相憐的人，就這樣，在這篇小文中聚到了一起。然而，我又能幫助他們甚麼呢？他們是浪子，而浪子的命運，幾乎從一開始就是注定的。

不過，你又能說他們不幸福嗎？

他們無時無刻不處在一種特殊的歡樂中，而這種歡樂，是世界上最大的歡樂。因為世界上沒有任何歡樂，堪與一男一女所創造的歡樂相比較，這樣的歡樂，足可以使人到達天堂，所以，他們終究是幸福的。

飛，翔，然後，到達天堂。

最恐怖的衛斯理故事｜

即使在很多年以後，每次只要我捧起《眼睛》這本小說，都會產生一種難以言喻的恐懼感，彷彿手中捧着的不是一本小說，而是甚麼極為可怕的怪物。

那種感覺，是在看其他衛斯理小說時所從未有過的。其他故事，哪怕再恐怖，最多也就一兩天，感覺便會慢慢淡下來，唯有《眼睛》，帶給我的那種恐懼，簡直深入骨髓，多年以後依然如蛆附骨，揮之不去。說《眼睛》是衛斯理系列中最恐怖的一個故事，一點也不為過。

《眼睛》這個故事，除去恐怖的部份，其實可以歸類為寓言小說，其寓意相當深刻，倪匡先生在開篇序言中就已經清清楚楚明明白白地點明：

人實在太罪惡，罪惡到了極可怕的程度。

邪惡，只有在徹底認識自身的罪之後，才會被消除。

整個故事，就是在描寫人類的邪惡，以及對人性的失望。所以，一開場就直入正題：管家老蔡哭着求助，

請衛斯理救救他的侄子蔡根富，因為蔡根富在非洲某國的維奇奇煤礦打工時，犯了嚴重的殺人罪，而且，一殺就殺了二十三個人。

（真不知道衛斯理聽到這樣的求助後會是甚麼想法。）

這簡直已經不是謀殺，而是屠殺！

由於現場的情形實在太血腥，導致那些清理現場的工作人員在精神上受到了極大的衝擊，要被送入精神病中心治療，甚至還會影響到日後的生活。

書中雖然沒有見到任何一個血腥的字眼，但故事所蘊含的血腥味，卻已開始侵入讀者的心中。

接着，通過衛斯理和調查組成員的對話，又進一步加深這種恐怖血腥的感覺。從這簡短的幾句對話中，我閉上眼睛就彷彿可以看到慘不忍睹的兇案現場：

沉默了好一會，我才道：「那些死者——」

奧干古達忙接口道：「他們合葬在一起！」

比拉爾補充了一句：「因為他們根本分不出誰是誰來了！」

　　為甚麼會分不清誰是誰？當然是因為蔡根富使用的殺人兇器實在太厲害了！那是一具水力採煤機，每平方公分能產生八百公斤的力量，當壓力如此強大的水柱衝擊人體的時候，人的頭顱瞬間四下炸裂，人的肢體輕易被切割成塊，人的任何一部份骨頭都被射得粉碎！

　　那種血肉橫飛的情形，很容易就能夠想像得出，但那種情形，也實在不是一個正常人可以承受得起的，因此，對讀者所產生的震撼也就非常強烈，強烈到讓人產生劇烈的顫抖。

　　老蔡的侄子蔡根富，是一個老實巴交的鄉下人，平時向來安分守己，怎麼會殺了那麼多人？是不是在三百七十公尺深的礦坑中，發生了甚麼令人無法想像的怪事，才使得一個連惹是生非都不敢的老實人突然變得兇性大發？

　　一連串的疑問拋向讀者，恐懼之餘，還隱含一種令人極度不安的情緒。

　　而正是這種不安的情緒，讓我陷入既想解開謎題，

又儼於對未知恐懼的兩難中，只好小心翼翼、逐字逐句地往下看，並隨時做好萬一看到甚麼令心臟難以承受的情節，可以立刻合上書頁的準備，一步步踏入倪匡先生早已編織好的陷阱中去。

衛斯理和調查組成員親赴現場，深入地底礦坑查尋真相。倪匡先生在這個故事裏，特地用礦坑作為背景，以增強恐怖的感覺。在深入地底數百公尺的礦坑中，本來就可以發生任何事，更何況這是一個曾經發生了大命案的礦坑，天知道有甚麼東西在裏面作祟。

調查中，並沒有任何東西出現，但是危險的氣味隨處可以聞到，正是這種「知道一定有危險，但就是不知道危險在哪裏」的壓迫感，將恐怖的氣氛放大到極致。我在閱讀的過程中，整個人汗毛都是豎立的，心臟都是加速跳動的。

終於，衛斯理在礦坑中看到了一點不一樣的東西。其實不能說看到「東西」，因為那實在不是甚麼「東西」，而只是煤層中的一個個凹槽，這樣的凹槽，在礦坑中很

常見，是取下煤精後留下的。

　　煤精這種東西，就是被埋在地底下經過數百年壓縮而成的樹脂精華（我的理解是類似琥珀般的東西），它的名稱裏有一個「精」字，給我帶來的最直觀的感受就是「精怪」、「妖精」，而精怪和妖精，都是民間傳說中，令人避之唯恐不及的東西，所以，「煤精」這個名稱，本身就帶有一種恐怖的意味。儘管故事發展到這裏，還沒有出現令人恐懼的東西，但恐怖的氣氛卻愈來愈濃厚，大家一定都已經猜到，這煤精，絕對有問題！

　　果然，在衛斯理的繼續追查下，失蹤的煤精終於出現了。但是，它出現的地方很詭異，它竟然出現在蔡根富的臉上！

　　衛斯理看到的蔡根富，已經不能稱之為「蔡根富」了。在他的臉上，原來應該是額、是眉、是雙眼的地方，卻被一隻眼睛佔據着，那隻眼睛是如此之大，兩邊眼角，都達到太陽穴，當中的那隻眼珠，直徑足有三寸，閃耀着一種令人窒息的光芒。

這隻如此巨大的眼睛，除了眼珠部份是黑色之外，其餘的地方，是一種相當深的棕紅色。而整個眼睛，像是硬生生嵌進蔡根富的臉部一樣！

這種詭異的情形，突然出現在面前，我猝不及防地被嚇到了。

這煤精，這長得像眼睛一樣的煤精，竟然以這種令人完全想像不到的方式，出現在我面前！

作為人類而被異類生物附體，那種感覺，即使在所有的恐懼感中，也屬於特別令人害怕的一種，更別說像這樣猝不及防地出現，我幾乎無法呼吸。

這樣的蔡根富還算是人嗎？

當然不是人，這時的「蔡根富」，已經變成了維奇奇大神。

傳說中，維奇奇大神是邪惡的化身，具有極大的神通；他附在人類的身上，佔據了人類的思想，使人類變得同樣邪惡；他可以化生，喜歡自相殘殺，最善於偽裝與欺騙，極難消滅；他要人們信奉他、服從他，而他的

形象，正是嵌在蔡根富臉上的那隻眼睛。

這煤精，果然是妖精！

當我還沒有從這份恐懼感中恢復，另一波的恐懼又隨之襲來：衛斯理在臨時居所中，竟也收藏着這樣一塊煤精！

在不知道那煤精會變成可怕的眼睛怪物之時，還不覺得甚麼，但是一旦知道，那種恐怖感，就如同江水氾濫，變得一發不可收拾。

如果衛斯理一開門，那煤精就直撲到他臉上，硬要擠進他的臉上，那該怎麼辦？

幸好，並沒有發生這樣的事情，但是，沒有發生不代表不會發生，所以，當衛斯理從櫃中取出那塊煤精，將它放在桌面上的時候，他的心中還是產生了一種極度的異樣感覺，他要伸出手去又縮回來好幾次，才能將煤精取了出來。

連衛斯理都害怕，讀者自然更加害怕，那種怪物，若是真的佔據了自己的臉部，真是不知怎麼才好了，光

是這樣想着，我就已經渾身起了雞皮疙瘩。

在這裏，倪匡先生欲擒故縱了一把，並沒有讓煤精像我猜測的那樣，一開門便撲出來。那煤精雖然恐怖，但依然是死物，並沒有動靜。看起來似乎危險解除，但誰都能猜到，更大的危險，一定還在後面。

先生再一次使出「知道一定有危險，但就是不知道危險在哪裏」大法，讓我的心一直懸吊着，呼吸加速、肌肉僵硬，情緒深陷於恐懼中而無法自拔。

由於那煤精是死物，衛斯理便掉以輕心了，當他將煤精砸碎後，流出來的液體漸漸凝聚成了更多的小煤精，而那些猶如眼睛形狀的小煤精，像毛蟲一樣，扭曲着它們的身體，趁衛斯理睡着的時候，爬上了同屋僕人的身體。

衛斯理是被那種奇特的「達達」聲驚醒的，他看到那些煤精正緩慢地，卻又固執地在前進。它們前進的方式是先使整個身子弓起，然後放平，像是某一種毛蟲一樣，當它們的身子放平之際，就發出「達」的一下響。

煤精們在行動之際，它們的「眼珠」，還會發出變幻不定的光芒。當衛斯理看到它們的時候，它們已經「爬」上了僕人的腳背。那僕人的雙腳，猶如釘在地上，儘管身子發着抖，可是雙腳卻一動也不能動。他被嚇呆了！

別說那僕人，衛斯理這時也真正嚇呆了，而且，除了他們，被嚇呆的，還有捧着書的我！

就是這個場景！

當我捧着書，閱讀到這一段的時候，我的大腦，突然像被閃電劃過一樣，隨着煤精的扭動，這個景像突然化成生動的畫面，一下子深深印入了我的腦海，再也無法抹去。

即使現在寫這篇小文的時候，想起這個場景，還是讓我毛骨悚然，唯恐自己像那僕人一樣，在還沒有注意到的時候，就已經被煤精爬上了身體！

後面的情節，已經不重要了，反正我已經被徹底嚇到，只是渾渾噩噩地翻着書，將故事看完而已，大腦已然無法思考，木然一片，只有那無邊無際的恐懼衝擊着我的心靈。

要命的是，倪匡先生還嫌不夠恐怖，在故事結尾處，又加了一句：

邪惡的特性！我有，你有沒有？只怕就像人臉上的眼睛一樣，人人都有！

天哪，原來沒有人能逃脫煤精的附體，原來每個人都早已被「眼睛」佔據了身體、侵蝕了思想，不然，人類的性格中，為甚麼會有那麼多邪惡的部份？

天哪！

披着恐怖外衣的淒美愛情 |

《仙境》在衛斯理故事中並不出名，篇幅也不長，但這個故事於我，有一份特殊的意義。因為這個故事，實在太恐怖了，很長一段時間內，我根本不敢再看第二遍！而更令我動容的，則是深藏其中的一段淒美愛情。

（一）

故事是從一幅油畫開始的。

在一個寒冬的日子裏，衛斯理偶然看到了古董店裏的那幅油畫。

他看到的畫面，是一個佈滿鐘乳石的山洞。陽光透進來，映得一邊的鐘乳石，閃閃生光，幻出各種奇妙的色彩來，奇美之極。油彩在畫布上表現出來的那種如夢幻也似絢爛繽紛的色彩，絕不是庸手能做得到萬分之一的。

為了得到這幅畫，衛斯理和一個印度人進行了一番競價和爭吵。在這過程中，衛斯理知道了這個潦倒的印度人德拉居然曾是遮龐土王宮殿的總管！

據德拉所說，畫中描繪的是真正的仙境。在仙境中，地上全是各種寶石，整座山都是黃金的，鑽石長在樹上，在河底的不是石塊，而是寶玉！德拉曾和妻子黛一起到過那個仙境，但在回程中，黛病了，病得很重，最後不幸身故。

德拉一直懷疑妻子的死因，但始終沒有勇氣一個人再去仙境，直到遇見了衛斯理之後，他終於鼓起勇氣，和衛斯理一起重赴仙境，去破解心底深埋已久的疑問。

這就是整個故事的大致內容。

（二）

從故事梗概中，看不出甚麼恐怖的意味來。但是，看完整個故事你會發覺，它不是那種直接的、血淋淋的恐怖，而是一點一滴，慢慢滲入骨髓的恐怖。

在我心裏，故事的恐怖氣氛，始於德拉和黛第一次進入仙境的時候。

德拉和黛無意中到了仙境，那裏遍地都是閃耀着奇異光彩的寶石，每一顆鑽石，都有雞蛋那麼大，紅寶石

的光芒，映得他們的全身都是紅的，還有一種有着奇特光彩變幻的寶石，那麼多寶石，讓他們如癡如醉，足足盤桓了半天，完全陶醉其中。

這些描寫，沒有一個字會令人感到害怕。但我第一次讀到這裏時，這神秘的山洞，這詭異的場景，即使在滿目的珠光寶氣中，都隱隱透出一種令我不安的氣氛來。

果然，黛在一離開仙境時，就感到了不舒服，等回到土王的宮中時，黛真的病倒了。她病了三個月，而且，不論用甚麼方法都無法醫治好，最後，她死了。

接下來，德拉對衛斯理說的第一句話，讓我的心開始劇烈跳動起來。德拉突然哭了起來，道：「黛死得十分慘！」

黛變了，她生了病之後，一天一天在變，她變得根本不像一個人，最後變成了一個妖怪，她想衝出土王的宮殿去，但是被衛士射死了。

黛變成了妖怪？而且還是一天一天慢慢變化着的，這是怎樣一種情形啊？分裂了？融化了？還是變成甚麼

噁心的東西了？我的想像力飛速運轉着，一幅幅恐怖的畫面如走馬燈般在我腦海盤旋，我被嚇倒了。

這時，仙境中的黃金寶石，在我眼裏，儼然已經變成了一個個恐怖的妖怪，張大了口，要將闖入的人一口吞噬！

在仙境中，德拉找到了那堆像陶土一樣十分難看的褚褐色的東西。黛曾觸摸過它，德拉懷疑，那就是黛變成妖怪的原因，為了證實這一點，他也開始撫摸那堆東西。

沒多久，德拉的臉色慢慢變得蒼白，他的身子也開始劇烈搖晃起來，像是他不是站在平地上，而是站在一艘搖晃不定的船隻甲板上一樣。

德拉也開始變化了，他會變成怎樣？會不會也和黛一樣變成妖怪？正當我準備跟隨衛斯理一起觀察德拉的變化時，衛斯理卻因為沒有足夠的食物和水而暫時離開了德拉。我一下子感到彷徨無依，既想留下來看看德拉是如何變成妖怪的，又因為沒有衛斯理的陪伴而感到極度害怕，最後只好無奈地跟着衛斯理暫時離去。這時的我，已經完全沉浸在故事中。

雖然暫離仙境，但我的心一直惦記着不斷變化的德拉。他的變化，是一天一天慢慢形成的，恐懼也一點一滴慢慢滲透入我的心中，實在令人不寒而慄！

這種恐懼隨着衛斯理回到仙境而達到頂點。那麼多天過去了，德拉應該已經變成妖怪了，會變成甚麼樣？很想知道，但又極害怕看到，但最終，還是好奇戰勝了恐懼。

德拉並沒有馬上出現在衛斯理（我）的面前。在一塊大石之後，突然傳來一下極其奇異的聲音來。那聲音很難形容，聽來像是一下驢叫聲，又像是一個人在極度痛苦的掙扎之下，所發出來的絕望呻吟聲。

終於，大石後面，怪聲音的主人現身了。

天哪，那是怎樣的可怕怪物啊！

只見那東西略具人形，身體看起來是軟的，像是可塑的，它勉強算有一個頭，在那「頭」上，根本沒有五官，全是一個又一個透明鋥亮大水泡。在那些大水泡之中，似乎還有許多液體在流動着。

那東西竭力地前進，它移動得十分困難，就像是

一大堆受熱要熔化的橡皮一樣，每向前走一步，身子會矮上許多，然後，又挺高起來，看起來實在是詭異到了極點。

那東西就是德拉！

合上書，我的心久久不能平靜。我將書放得很遠，我感到害怕，彷彿這本書就是那會使人變成妖怪的東西一樣，很長一段時間內，我根本不敢再看第二遍。

後來想想，與其說是被仙境這個故事嚇到，還不如說是被自己嚇到的。人心中的妖怪，才是最恐怖的東西啊！

（三）

之後終於還是忍不住看了第二遍，雖然害怕，但實在很喜歡德拉和黛那份淒美的愛情。

那一年，德拉 19 歲，遮旁土王將宮中最美麗的侍女賞給了他做妻子。對於黛的容貌，書中是通過一幅速寫像來描述的：那是一個印度少女的頭像，畫這幅速寫像的人，自然是第一流的藝術家，因為筆觸雖然簡單，但是卻極其傳神，那是一個十分美麗的印度少女。

　　簡單的寥寥數語，留下無數想像的空間。我合上書，閉上眼，開始想像這位「最美麗的侍女」的模樣。一萬個人有一萬種想像，但無論我們怎麼想像，卻也一定比不上德拉心中的黛。

　　德拉在給衛斯理看了黛的這幅速寫像後，小心地將紙摺了起來。這個細節，很容易被忽略，但卻可以看出德拉對黛濃濃的思念之情。

　　在德拉的回憶中，黛是一個十分善良的人。當他們騎着白象，到他們從小就很嚮往的大山中去度蜜月之際，黛看到一路上人們窮困的情形，難過得都哭了起來。

　　後來，他們到了仙境。在陽光之下，他們看到的是無數的寶石、鑽石，遮龐土王的財產很驚人，但他的藏寶，與之比較起來，甚麼也不是！

　　自古以來，寶石就一直有種特殊的吸引人的力量，德拉的雙眼現出了一種魔幻也似的神采來。但是黛說，那一定是神仙所擁有的東西。她堅決不讓德拉取，一顆也不許。

　　德拉竟然真的就一顆也沒取，因為他深愛着黛，他不會做黛不喜歡的事，那些寶石雖然可愛，但即使全部加在一起，也及不上黛。對他們而言，彼此相愛的心，才是真正屬於他倆的仙境！

　　若故事到這裏結束，那德拉和黛的愛情幾乎是完美的，受人尊敬的總管和最美麗的侍女，兩顆緊緊相繫的心。可這樣的愛情，雖然美麗，總覺得缺少了一些甚麼，無法讓人回味良久，所以，倪匡先生筆鋒一轉，寫下了一段讓人嗟嘆不已的淒美故事。

　　在仙境中，黛因撫摸了一堆怪東西而變成了妖怪，最後被土王下令射死。原本美好的一切，一下子全部失去了，德拉心中的悲苦可想而知。

　　即使在黛死去多年後，德拉對黛的愛情，都沒有變過。在和衛斯理重返仙境的途中，德拉一直想念着黛。每當他經過當年兩人曾一起乘過蔭的大樹、一起浣過足的小溪、一起躺臥過的草地時，他都會唏噓一番，甚至停下腳步，嚎啕大哭起來。

在德拉和衛斯理的對話中，有一句話很是讓我動容，他說：「我們兩人到仙境去，如果其中一個，也和黛一樣的話，那麼，另外一個人，不能用對付黛的方法對付他，黛是活着的啊！」

就算黛變成了可怕的妖怪，德拉還是那樣地深愛着她，對她的死耿耿於懷。有甚麼比眼看着自己的愛人如此痛苦的死去，而自己又無力挽回更痛苦的事呢？何況黛死後不久，土王和他的宮殿就毀於一場戰爭中。那些黛曾住過的屋子、走過的廊亭、倚靠過的小樹、嬉弄過的溪水，這一切，都隨着炮火灰飛煙滅了。從此，德拉只有在回憶中才能找回黛的身影，這又是多麼令人心酸的事啊！

當德拉和衛斯理來到仙境，面對滿地的黃金珠寶，連衛斯理都被迷昏了頭腦，可德拉卻一無所動，只是呆呆地站在那堆怪東西前，想念着黛。在他的腦海裏，一定閃現過了和黛在一起時那一幕幕幸福的時光。對德拉而言，那是他生命中最美好的一段日子，黛才是他心中

最珍貴的寶貝，那些黃金和寶石，又算得了甚麼？

德拉選擇了和黛一樣的結局，不管有多痛苦，他都要親自感受黛當時所感受到的一切，這樣，兩顆心是不是又能緊緊靠在一起了？誰說倪匡先生不善於描寫愛情？他筆下的愛情，多麼濃烈多麼深刻，又是多麼的偉大！

我被他們的愛情故事深深打動，德拉那漸漸變成妖怪的恐懼感也變得不那麼強烈了。當德拉死去的時候，我長長舒了一口氣，這對苦命的愛人終於可以安息在一起，而這段披着恐怖外衣的淒美愛情也終於畫上了句號。

不是只有春花秋月的愛情才叫做愛情，淒風苦雨的愛情同樣也是愛情，但不管哪一種，在愛情的歷程中，都有過無比燦爛的一刻。

那一刻，便是永恒！

倪匡筆下人物的取名藝術｜

　　一個作家，作品想要深入人心，故事中必須要有令人印象深刻的人物，而想要令人印象深刻，人物的名字往往就是第一關鍵。

　　一個成功的人物角色，必然有一個吸引人的名字。

　　一提起古龍筆下的楚留香陸小鳳，大家立刻就會想起風流盜帥和四條眉毛，這兩個名字，就是取名的成功典範。

　　君不見那些成為經典之作的小說，哪一部沒有幾個出彩的人物？而這些人物，又有哪一個沒有吸引人的名字？

　　但是，倪匡先生呢？似乎他筆下的人物，很少有令人眼前一亮的名字，要不就是普普通通，要不就是古古怪怪。

　　記得先生自己也承認，他不擅長給筆下人物取那些富有詩意的名字，像古龍筆下的楚留香，他就絕對取不來，反倒是更喜歡那些諸如李德標、張得勝之類的名字，雖然土得掉渣，卻也實實在在。

不過，這也是先生自謙，雖然他筆下人物普通名字居多（像陳長青、溫寶裕、羅開、高達這些就很普通），但也有那麼一些有趣的名字，給人以極深刻印象。

印象最深的，自然就是系列故事的男主角衛斯理。這個名字乍一看以為是外國人（實際上的確有外國傳教士叫做衛斯理的），但也可以當作中國人名字，含有「保衛這個道理」之意。

這當然是無心插柳的巧合，倪匡先生只不過是路過香港大坑的衛斯理村，突然靈光閃現，才給筆下第一主人公取了這樣一個古怪名字而已。

縱觀倪匡筆下眾多人物，其中最具巧思的，當屬十二金花的名字。

十二金花，顧名思義，是十二個女孩子。

這十二個女孩子，屬於一個極權組織，她們從小就是孤兒，被鐵大將軍撫養長大，最後成為組織的人形工具，是悲劇性的角色。

她們既然稱作十二金花，便以花為名。從黃蟬到海

棠，從柳絮到水莚，從秋英到浮蓮，從朱槿到王蓮，另外還有鳳仙，每一個名字都非常別緻，也非常動人，正好符合她們的絕色美女形象。

（即使王蓮初出場時已是中年婦女，但誰又敢說她年輕時沒有美麗過呢？）

以花為名並不難，難的是，這些人物的姓，還都是真實存在的姓。也許正因為這樣，先生沒有想出全部十二金花的名字，於是只好讓她們之中的九位亮相就算。

有的朋友不肯放棄，絞盡腦汁，尋找各種理由，硬是把白素也算作其一，這便有些牽強附會的意思。但即便如此，還是未能湊齊十二金花之名。其實，湊不齊也沒關係，留些想像空間，或許更符合衛斯理精神。

最雅緻的一個名字是在《本性難移》中出場的清秀女郎典希微。

典小姐神態大具風情，微笑着問張警官張泰豐：「你可記得我的名字？」

張泰豐頓時紅了臉，忙不迭回答：「記得，記得，

是典希微小姐。」

典小姐嫣然：「叫我希微就好——你第一次聽到我的名字時的反應和所說的話，有資格直接叫我名字。」

「希微」，好雅緻的名字。

倪匡先生在故事中並未直接寫明「希微」這個名字的出處，其實也有考考讀者的意思在內。只要有些古文常識，當可知道，「希微」二字出自《老子》，文曰：「聽之不聞名曰希，搏之不得名曰微。」又有漢時隱士河上公注曰：「無聲曰希，無形曰微。」後以「希微」二字指名聲和行跡隱約不明。

這個釋義，和故事中典希微的形象倒是非常契合。

典希微來歷神秘，生活多姿多彩，就連她的男朋友張泰豐都不知道她的底細，正合「希微」之名，而在《天打雷劈》這個故事之後，典希微便沒有再出現在衛斯理故事中，更是「行跡不明」之極。

最搞笑的名字當屬《廢墟》中出場的昆蟲學家胡說，他與溫寶裕的一段對話，每每讀來都令人忍俊不禁：

溫寶裕仍在笑：「姓胡名說，字，一定是八道了。」

胡說瞪了溫寶裕一眼：「不，我字『習之』。」

溫寶裕愣了一愣，我向他望過去：「小寶，這是在考你的中文程度了，胡先生的名字，應該怎樣唸？」

溫寶裕笑得有點賊忒嘻嘻：「『學而時習之，不亦說乎！』胡先生的名字是胡說。」

溫寶裕把「說」字唸成了「悅」字，那當然是對了，「說」和「悅」兩個字是可以通用的。他又笑了一下：「為甚麼不乾脆叫胡悅呢？逢人就要解釋一番，多麻煩。」

胡說也笑了起來：「那是我祖父的意思。」

溫寶裕一點也不管是不是和人家初次見面：「『說』字和『脫』字也相通。小心人家叫你胡脫。」

胡說笑着：「你才胡脫。」

聊聊數語，胡說這個人物已然躍然紙上，也因為這番對話，胡說和溫寶裕成為好友，之後更是由於興趣相投，友情突飛猛進，直達死黨程度。

最具謎意的名字是《盜墓》中出場的盜墓專家齊白（世界三大盜墓專家之一）。乍一看這個名字平平無奇，然而就像「平平無奇古天樂」一樣，這個名字其實一點也不平平無奇，甚至還有些請讀者猜謎語的意味在內。

原來，齊白這個名字，並非他的原名，而是他自己取的，以四大古國的第一個字母拼成，即 CIBE，齊白乃是譯音。據齊白自稱，他有着這四大古國的血統，所以，他最適合幹他那種行業（盜墓），簡直是天生這一行的奇才。

齊白是個妙人，也只有妙人，才會給自己取這樣的名字，至於他本來的名字是甚麼，那已經不重要了。

最滑稽的一個名字是《雨花台石》中出場的衛斯理的同學徐月淨。

徐月淨這個名字初看之下似乎沒有甚麼奇特之處，但細品後卻會發現，這個名字很像是和尚的法名，恰巧他家又住在金山寺下，所以，同學們都戲稱他為「和尚兒子」。一般人被取了這樣的綽號，泰半會勃然大怒，然而徐月淨卻是一個好好先生，居然也認了，不加抗議。

徐月淨本是一個很不起眼的配角，但由於名字取得有趣，倒也給人留下極深刻印象。多年後，故事的細節可能都已忘卻，但「和尚兒子」的名字仍記憶猶新，這便顯出一個好名字的重要性來。

擁有最多名字的人物是梁若水醫生。

她首先在《茫點》中以「梁若水」之名亮相，到了《水晶宮》，變成「冷若水」，再到《病毒》，又是一變，成了「冷若冰」，但無論怎麼變，總是非冷即涼（梁）。倪匡先生記性不佳沒有關係，可憐梁（冷）女士卻要做一輩子冰山美人。

最古怪的一個名字是《洪荒》中的黃而皇之。

他是黃堂的弟弟，名字叫作「黃而皇之」，實在不像是正常人會取的名字，其由來令人疑惑，故事中借白素之口作了一番猜測（其實就是解釋）。

原來，黃而皇之的父母，原本打算生四個孩子，分別取名為「堂」、「而」、「皇」、「之」（連在一起就是「堂而皇之」，是很現成的四個孩子的名字），但是，

因為知道以後不會再有孩子了，所以就把後三個字一股腦兒全給了黃而皇之。

會這樣給孩子取名，這對父母倒也是人間絕品。至於為甚麼他的父母會知道以後不會再有孩子，故事中也有解答，那是因為黃而皇之尚在母親肚子裏時，他的父親就已經去世（被共同參與獨立革命運動的親密戰友所害），自然也就不會再有第三第四個孩子了。

於是，一下子對黃而（簡稱）產生了極大的同情。

最可怕的名字是《死去活來》中的言王，這也是衛斯理故事中最後一個出場的新人。言王一出場便是一番自我介紹：

「衛先生，在下來得冒昧，請容許我自我介紹，在下姓言，名王，濫竽充數，領了個上將的軍銜，那是貽笑大方，不值一提。倒是負責軍事科學學院，可以說有些成就，生平最喜歡交朋友，戈壁沙漠可以證明。久仰衛先生大名，這次很有些得罪衛先生之處，總要請衛先生原諒！」

　　這番自我介紹，和言王的身份頗不相符，不像是廟堂中人，反倒更似江湖豪傑。這樣的反差，反而更容易令讀者產生深刻的印象。

　　言王這個名字，明眼人一看便知，乃閻王之諧音也。言王是極權組織中地位極高的大人物，掌握着許多人的生死（真是可怕），從某種意義上來說，他的確算得上是一個人世間的閻王呢。

　　在衛斯理故事中，屢屢出現奇怪的名字，這也是倪匡先生故意為之，在故事中玩一些文字遊戲，當作一種娛己娛人的樂趣。

　　倪匡先生玩文字遊戲玩上癮，還特地設計了一組以顏色為姓，以絲織品為名的有趣名字。大家一定都知道這些人物，其中最著名的就是衛斯理的妻子白素。

　　白素出場極早，不知道是當時就有了這個念頭，還是在之後的寫作生涯中慢慢形成的想法，但無論如何，這樣的小遊戲，很得我心。

　　之後又陸續有了紅綾、藍絲、黑紗、黃絹。白、紅、

藍、黑、黃五種顏色對應素、綾、絲、紗、絹五種絲織品，不由得令人拍案叫好，真是服了先生的妙思。

還有一些名字，如良辰美景、戈壁沙漠、單相單思、陳景德陳宜興等，更是直接將成語或地名化作人名。這些人物相互之間的關係不是學生姐妹（兄弟）便是至交好友，說起話來不分彼此，兩人齊說，這樣的設計，也別有一番趣味。

再有一些名字，根本就像是小學生組詞練習，讀來讓人哭笑不得，比如：明白、努力、於是、成功、高興、光輝等，真搞不清這些詞語是名字還是動詞還是形容詞，先生之淘氣可見一斑。

突然發現倪匡先生給人物取名的方式和別的作家都不一樣，自有其獨特的一面，或普通或古怪或滑稽或典雅，但無論如何都很符合人物形象，即使是李德標張得勝之類，也很符合他們底層小人物的形象，若是底層人物而又取名楚留香陸小鳳，就會變得不倫不類。先生的取名藝術，很有點獨樹一幟的感覺。

　　看故事之餘，細品名字背後蘊藏的另一層涵義，也是閱讀倪匡小說的一大樂趣。

衛斯理故事中的人物影射 |

　　衛斯理故事，最大的特點就是以第一人稱寫作，一個「我」字，將多少虛幻化為現實。讀者徜徉在這些亦真亦幻的故事中，已渾然不分何者是真何者是假。

　　然而，真假為何並不重要，故事好看才是第一要旨。好看之餘，再來猜猜那些筆下人物，究竟有多少人隱藏着真實身份，也是另一種樂趣。

　　先來說說這一位。在衛斯理故事中，他的代號極多，「偉大領袖」是他，「人工神」也是他，「最高領袖」又是他，「偉大腦袋」仍是他，「領袖皇帝」還是他，「有帝王相的年輕人」依舊是他。

　　後來，在任務完成之後，鐵大將軍在呈給領袖的報告之中，有這樣的句子：「可殺可不殺的有四萬多人，都殺了。」

　　偉大的領袖的批示是：「殺得好。」

　　　　　　　　　　　　　　　　　　——《大秘密》

發了瘋的人工神，忽發奇想，要把時間加速七千三百零五倍，於是，在這個人工神的策動之下，億萬人跟着一起發瘋，結果是幾千萬人因此死亡。

——《闖禍》

她（柳絮）說了之後，又補充道：「就在差不多前後時間，最高領袖，傾倒在跑碼頭的江湖女子軍袴之下，也還不是不了了之，承認了既成的事實嗎？」

——《在數難逃》

我總覺得有一個疑團梗在心中，失聲道：「上一次的大瘋狂，莫非也和那癮石有關？」

紅綾答得極快：「掀起大瘋狂狂潮的那顆偉大的腦袋，曾在長江中浸過，中癮毒的可能極大。」

——《新武器》

在派系鬥爭中，不論有多少派——最高領袖曾說：黨內無派，稀奇古怪。不管多少派，最先起正面衝突的，必然是勢力最大的兩派。

——《算帳》

聽到這裏，我又忍不住諷刺：「真是傾力以赴——你們已故最高領袖不是曾經說過，要『一不怕苦，二不怕死』嗎？怎麼全都忘記了？」

——《買命》

又據說，若干年前，一群草莽英雄打天下，其中的領袖人物有一個怪習慣，他永遠不刷牙，就算是他身邊最親近的人，也沒有見過他刷牙。這個領袖後來經過了種種奇蹟一樣的經歷，好幾次在幾乎完全沒有可能的情形下，反敗為勝，結果成功地登上了皇帝的寶座。

——《傳說》

他不住叩頭期間，只聽得青年人的笑聲漸漸遠去。他望着青年人的背影，他的全部相學知識告訴他，那青年龍行虎步，貴不可言，除了當皇帝之外，天地之間，再也沒有另外位置可以容納。

——《豪賭》

那麼多身份，全都是他！

他實在太有名了，已不必再說出他的名字，故事中的一個個小細節，完全表明了他是誰，影射到這般地步，基本已是明牌。

倪匡先生甚至還曾將他的名字作為女兒的外號，取其「無法無天」之意，導致女兒成年後仍耿耿於懷：哪有給孩子起這種外號的父親！

當然，這是笑談，表過不提。再來看看另兩位大人物。

他們自稱是逃難的人，而他們的那次逃亡，舉世轟動，是政治和宗教的雙重逃亡。

——《天外金球》

老喇嘛喟然長嘆：「大活佛和二活佛之間，本就一直不和，大活佛一走，二活佛自然地位大大提高，只可惜，這個二活佛是假的！」

——《轉世暗號》

「大活佛」、「二活佛」者也，不用猜大家也知道。「活佛」這個稱號，唯有雪域聖地的尊者才當得起。

在故事中，倪匡先生將真實歷史融於幻想，彷彿衛斯

理與白素真和活佛們有過交流，簡直煞有其事到了極點。

遺憾的是，「大活佛」在「最高領袖」的國家中，卻是提也不能提的禁忌。既然不能提，那就換下一位，以免犯了禁，那就無趣得緊了。

> 輪椅上坐着一個老人，戴着一頂絨線帽子，顯是東方人，看來精神不振，眼睛半睜半閉，可是那一雙倒吊眉，喪門眼，看得我指着他，一句話也說不出來。
>
> 老將軍像是作了一個成功的惡作劇，十分高興：「看，十年，元帥也老了。」
>
> ——《迷蹤》

這位「元帥」的倒吊眉舉世無雙，辨識度極高，而且，古今中外元帥雖多，以「墜機」為標識的元帥（當然，他的名氣可不僅僅只是墜機），恐怕也只有這一位。每每讀到他的出場，總不由會心一笑，彷彿發現了甚麼了不得的秘密一樣。然而時光早已淘汰了一切——古今多少事，都付笑談中——都已成為笑談中的事，還有甚麼秘密可言呢？

元帥早已不是元帥，而老闆也早就不是老闆。

老闆掌握天下財權，是真正的人間財神，不過這個財神卻並不造福平民百姓，反而利用權勢，把官僚資本耍得出神入化，廣開財源，予取予攜，千方搜刮，百計聚斂，二三十年間，把天下財富集中到了一人一家的手中，終於刨空了國家的根本，使得河山變色，生靈塗炭。

……

老闆並不長命，未到古稀之年，就在一個宴會上，由於一個可笑的意外而一命嗚呼。

——《財神寶庫》

一九二一年，「財神老闆」赴美留學，就讀於著名的哈佛大學，三年後以優良成績畢業，並獲經濟學碩士學位。之後去到紐約，一面供職於花旗銀行，一面在哥倫比亞大學攻讀經濟學博士學位。學成回國後被孫中山任命為中央銀行行長，從此成為眾所周知的「財神老闆」。

然而就算掌握天下財權又如何？無論富貴貧窮，人終

難逃一死。沒人能想到，晚年的「財神老闆」，在一次宴會中，竟被雞骨噎死，真是太意外太可笑，簡直黑色幽默之極。

和平年代尚且生無保障，戰爭歲月更是馬革裹尸。

那是一個和敵軍，可以說，是決一死戰的戰爭，勝了，可以把敵軍殲滅，再難翻身，輸了，情形也是一樣。……

當時的形勢是，甘師和敵師的甲師、乙師，分佈在一座山頭的三面，互成犄角之勢。敵軍的甲、乙兩師，目的也是要把甘師徹底消滅，所以，正在悄悄移動，成鉗形，自左右夾攻。

但是敵軍又怕進攻得太快，被甘師看出了不利情形之後，拉隊向後一縮，就此逸去，以後，再要找這樣對付甘師的機會，就十分困難了，所以，敵師的行動，不打草驚蛇，盡量採取大迂迴的行軍方式，目的是要繞過甘師的後面，兩個師的兵力，佈成了一個半弧形的網，等到合圍之後，再向前一逼，在強勢兵力的攻

擊之下，甘師除了向山上退避之外，別無他途。

—— 《背叛》

這一場戰役，情形和歷史上著名的孟良崮戰役十分相似，如此，甘鐵生何許人也，也就不言而喻。

至於故事中另一位鐵生，以及他和甘鐵生之間那糾纏複雜的感情，則和歷史並不相符，然而，誰說影射一定要和事實完全相符？別忘了，倪匡先生的本職是甚麼，哈哈！

說完兩個鐵生，再來說說第三個兒子。

他講到這裏，頓了一頓：「你自然還記得李家的第三個兒子？」

我道：「當然記得，他的祖墳，也被掘了出來，他近來怎麼了？」

楊董事長道：「他的祖父，葬在那幅血地之後，他就開始發跡，直到權傾朝野，紅極一時，可是，現在他卻被鬥爭了，他完全失勢了，他自殺不遂，他的一切，又全部完了。」

—— 《風水》

「李恩業的三兒子」，就不像之前幾位那麼好猜，有些線索似乎指向某人，有些線索又似乎不是，但綜合起來，讓大家比較能接受的答案，應該就是那位名義上的國家元首。

他雖權傾一時，但終因作繭自縛，而被政敵打倒，落得個慘死的結局，死時甚至連名字都被剝奪。回看當日榮景，全是幻夢一場。

他這一生，未曾留下甚麼，只留下一句名言：「人相食，要上書的！」

人相食要上書，那麼，屠百姓更是要遺臭萬年。

我道：「老人家喜怒無常，他曾親自把自己的『左手』砍了，再砍『右手』，這是沒多久的事，又怎能保他不再把核心換掉？」

——《算帳》

世界上的老人家實在太多，但親自砍去自己「左右手」的「老人家」，據歷史記載，僅此一位。對自己下得去如此狠手，這位「老人家」的冷血無情可見一斑。

　　「老人家」即使在耄耋之年，依然掌管着數十億人的生殺大權。那一年夏天，他所犯下的滔天血罪，實在是每一個有良知的人都無法忘卻的。

　　即使以此換來二十年的太平盛世，也不過是給權貴們多一次剝削百姓的機會。

> 陶啟泉是東南亞的第一豪富，擁有數不盡的產業，他每一天的收入，就是一個極大數字，他一直是人們口頭談話的資料，他也可以說是一個極其神秘的人物，有幾個美國記者，曾報道他的生活，說是任何一朝的帝王，生活都沒有陶啟泉那樣奢闊。
>
> ——《風水》

　　熟悉衛斯理故事的朋友，對陶啟泉一定不陌生。這位第一富豪，對衛斯理冒險事業的支持，有着不可磨滅的貢獻。

　　而現實中，連續十五年蟬聯華人首富、連續二十一年蟬聯香港首富的大富豪先生顯然是故事中這位「東南亞第一富豪」最接近的影射對象。

即使其他細節都不符合，「東南亞第一富豪」的頭銜也足以讓大富豪先生成為陶啟泉的影子。

以上這些人物，都是政治人物（即便是大富豪先生，也逃不開政治的影響），而作為影射對象，自然以政治人物為最佳。只是月旦政治人物，頗有引火焚身之險，所以我也以遮遮掩掩、不便明說來規避風險。但其實身處這個大環境，似我等小人物哪有可避之地，既然避無可避，也只好聽天由命。

另有一些人物，比如《轉世暗號》中衛斯理的七叔、《大秘密》中衛斯理的童年好友鐵蛋大將軍、《黃金故事》中年輕的刀手「金子來」張拾來、《換頭記》裏的獨裁者 A 區主席、《前世》裏的轉世少女阿佳……這些人其實並無一定的影射對象，但不少讀者通過蛛絲馬跡，認為他們都是某某人某某人，那也無可厚非。

倪匡先生寫這些人物影射，本就是一種文字遊戲。作者寫得開心，讀者也猜得開心。既然大家都開心，不如就此開開心心做齣戲好了。

三篇序言 |

　　讀倪匡作品時間長了，慢慢變成了研究，研究時間長了，又產生了「倪學」，和倪匡有關的每個話題都可以拿來品評一番，日積月累，倒也存了不少文稿。

　　一般來說，熱愛寫作的人都有這樣的願望：有朝一日能將自己的文字印成鉛字，正式出版。看着自己的書擺放在書店裏、圖書館中，那種成就感，比任何東西都能讓人滿足。

　　我的倪學研究，最先出成果的，是一部叫做《倪匡筆下的一百零八將》的書稿。也不知道是哪一天，偶然見到滬上名家曹正文先生的一本書：《金庸筆下的一百零八將》，突然來了興致，既然金庸筆下人物可以有一百零八將，為何倪匡不可？自信浸淫倪匡作品久矣，對書中人物或多或少都有些感想，何不以此為契機，來寫一本《倪匡筆下的一百零八將》？

　　就這樣，利用自己的休閒時間，有空就寫個一兩篇，

沒空就不寫，不知不覺過了兩三年，一百零八篇竟也完成了！

完成後，不免感慨一番，畢竟是自己一個字接一個字，一篇接一篇，滿懷熱情寫下來的，感慨之餘，突然產生了一個新的想法。

雖然渴望正式出版，但也知道，像自己這樣一個默默無聞的小作者，是不會有出版社會對我的作品感興趣的。不過，對我不感興趣，不代表對倪匡先生不感興趣，我若是請先生替我寫一篇序言，是不是就能夠增加出版社對我感興趣的機率呢？

一念至此，不由得興奮起來，鼠標一點，將書稿發給先生，並厚顏無恥地求序言一篇。

自然，書稿發過去之時，多少還是有點自信的。雖然沒有正式出過書，但多年來一直在不停地寫寫寫，文字的可讀性，自覺不會太差，當可入先生法眼。

果然，先生一讀之下，立刻給予好評（不排除鼓勵的可能性），同樣鼠標一點，序言傳來。

小友藍手套，衛斯理專家也。他對小說中各色人等，都有深厚感情，作有系統的評議，或妙趣橫生，或令人嗟嘆，或令人扼腕，或令人唏噓，讀之竟勝原著，誠小說衍生作品中之傑作也。

哈哈，得到先生序言，心中高興，自不必多言，暫時沒有出版社問津也沒關係，等待機會可也。

第一次嚐到甜頭之後，貪婪之心便一發不可收拾。

緊接着，第二部倪學研究書稿完成，自然，也是利用休閒時間，一個字一個字寫下來的。這一部書稿，研究的不是倪匡作品，而是倪匡這個人。

我以散文的形式，記錄下我是如何從一名小讀者，慢慢和倪匡先生成為忘年交的整個過程，洋洋灑灑一百多篇小短文，記錄下來的，卻是三十餘年的歲月變遷。

照例，書稿發給先生，求序言一篇。

先生看完，也照例鼠標一點，序言發來，同樣不吝讚美之詞。

從第一次相會至今，已逾十年，藍手套事事詳記，極

有心思，竟然可以集而成冊，亦可算是一奇，能博大眾一粲，腦電波不明作用的作用也算不白作用了。

心中狂喜，貪念更進一步，再求先生幫忙當說客，替我將書稿引薦給出版社。先生可算是疼愛我之極，二話不說，給明窗出版社（老關係戶）打了電話，云：有年輕作者某某，著有奇書一冊，詳述其與倪匡的交往經歷，讀來甚有趣味，如出版社有興趣，不妨考慮正式出版。

有先生親自出馬推薦，我信心倍增，大有勢在必得之意，萬萬沒想到，出版社回覆的，只有冷冰冰的四個字：沒有興趣。

先生灰溜溜地告訴我，我灰溜溜地將書稿收起不提。

不過，這點小挫折怎麼可能打倒我？不能出版沒關係，這並不會打擊到我對倪學研究的積極性，很快地，第三部書稿又順利誕生。（說是「很快地」，但其實落筆前的準備工作，也花了將近十年的時間。）

這第三部書稿可了不起（頗有自吹自擂之嫌），書名看起來就很厲害：《倪匡作品封面賞析》。

　　要知道，先生的各類著作可是數不勝數，而且版本繁多，從來也沒有人進行過正式的統計。我會起意寫這部書稿，也是託了先生的福。自從先生送給我一整套明窗出版社的衛斯理小說珍藏版之後，我便興起了收集各種版本倪匡作品的念頭，十多年來，收穫頗豐，是時候寫這樣一部書稿了。

　　將數千冊倪匡作品一本本掃描封面、登記版本信息、製作作品目錄、撰寫作品簡介，光是這些基礎工作，就花了好幾年時間，等到終於完成時，很有做成一件大事的成就感。這部畫冊，內容極多，一冊放不下，直做了三冊，才算將我所收藏的倪匡各種版本的作品收錄完全（由於先生作品版本實在太多，有一小部份的台灣版和內地盜版我並未收藏，故未收入書中）。

　　既然是畫冊，自然不能只給先生看電子稿，於是不惜精力（自己設計封面），不惜血本（花費千元大洋），找相熟的印刷廠印製成冊，為求美觀，還給這三本畫冊製作了一個硬紙盒盛之。

　　畫冊完成，急不可耐扛到香港送給先生賞玩。一路辛苦自不必提（重達十公斤），唯有見到先生將畫冊平攤在桌上（太重捧不動），睜大了眼睛，嘖嘖稱奇的表情，心中頓覺一切的辛勤付出都是值得的！

　　當然，序言還是要求的。先生這次並未立刻寫就，而是沉吟片刻，道：容我構思一下，之後給你。

　　數日後，當我返回上海的第二天，郵件發來，先生的序言寫好了，題為「消得吹擂」。

　　小友王錚，絕頂愛書之人。素喜拙作，常有奇思妙想。實而行之，居然頗有所成。搜集整編，主理倪學叢書。已成數冊，相當可觀。日前，出示一盒三巨冊，重達幾近十公斤的巨著，彙集數十年來所出版的各類拙作之封面而成，洋洋大觀，達數百本。各種文體，無不皆備。每常自詡為「自有文字以來，寫漢字最多的人」，翻閱此冊，頗感所言誠不自欺，確屬事實。這許多作品，數十年間，是如何一個字一個字寫下來的，細節已漫不可憶，但知寫寫寫寫、不斷的寫。而

一直能出版，也可知所寫的很受歡迎，更值自喜，王錚來為此巨冊求序，給予自吹自擂的大好機會，當然不可輕易放過。若有人心中暗暗不服，大可比上一比，便可分明。正是：半世紀來，又好又多，捨我其誰，消得吹擂！

哈哈，哈哈。

讀完先生替我寫的序言，心中的情緒又是開心又是激動又是得意。在這個宇宙中，能勞動衛斯理幫忙寫下三篇序言的人，想必不會太多，我能躋身其中，實在幸莫大焉！

至於這三部書稿，在若干年之後，有了合適的機緣，經過一番修改，終於一部部陸續正式出版，那又是另外一個故事了。

只限老友——
謹以此文紀念我最敬愛的倪匡先生 |

（一）

　　許多年以後，我依然記得第一次見到「衛斯理」這個名字時的感覺。一個不中不洋的名字，一堆奇奇怪怪的書名，偏偏又有着無形的吸引力，將人拉入那無窮無盡的浩瀚宇宙中，再也無法忘懷。

　　每一個夜晚，那些詭異莫名的故事都會再次出現在我夢裏。沒有了白天的掩護，那種深入骨髓的恐懼感便開始恣意流竄，只有把自己緊緊裹在被窩中，才能獲得一點點的安心。

　　等到年歲漸長，恐懼感慢慢退去，才漸漸體會出故事中的雋永。於是好奇，是怎樣的作者，才能創作出如此好看的作品？

　　再到後來，機緣巧合，竟然和作者成為忘年交，整個過程如夢似幻。這位名叫「倪匡」的老爺子，笑容可

掬，嘴裏說着含糊不清的粵語，實在難辨認，索性一起講開家鄉方言上海話。聊人生、談時局、評好書、話風月，真正實現言論自由。

倪匡先生一直說，衛斯理是衛斯理，倪匡是倪匡。但在我眼裏，倪匡就是衛斯理，衛斯理就是倪匡，兩者根本合二為一，無法分割。

（二）

倪匡先生自詡為寫漢字最多的人，一點也不誇張。他笑言，除了歌詞之外的各種文體都曾寫過。放眼天下，捨我其誰？

倪匡作品中，最著名的，自然是能夠上天入地，無所不能的衛斯理。以至於世上流傳着這樣一句話：天上神仙有難題，來找人間衛斯理。

而在衛斯理諸多冒險中，最受歡迎的，是那個叫做《頭髮》的故事。

那是一個充滿哲學意味的故事。

穆罕默德、釋迦牟尼、耶穌、老子，地球上四大宗

教的創始人，在倪匡的筆下，化身 ABCD 四個外星人。他們來地球，目的就是要宣揚善良，將獲得新生的人類帶回天堂星，而地球，則是流放罪犯（＝人類）的化外之地。人類的頭髮，本是傳送腦電波的工具，到了地球，便無法使用，變成裝飾。

在那個年代，誰曾見過如此大膽叛逆的設想？人類竟然是罪犯？宗教領袖又是外星人？

倪匡先生對人類的起源及人性的善惡，在故事中進行了深入探討，掩卷之餘，很可以令人想一想，人類未來的出路，究竟在哪裏？

有趣的是，現實中，在寫作《頭髮》之前，先生有六年時間未寫衛斯理故事，有讀者問：「一九七二年到一九七八年，衛斯理沒有故事，幹甚麼去了？」答案就在書中：「離開人間，到天堂去了！」

將現實和小說巧妙地融合在一起，也只有這顆天才的腦袋，才想得出來！

（三）

　　那些膾炙人口的衛斯理故事，再多聊，便有人云亦云的媚俗傾向，不如來講講不怎麼出名，卻又帶給人極大啟發的作品吧。

　　後期的衛斯理，隨着年歲漸長，一改之前全世界奔波冒險的風格，成為一名不折不扣的「安樂椅神探」，每每在與朋友的聊天中，便輕鬆破解各種神秘事件之謎。

　　最玄的一椿，居然是「上帝造人」事件！

　　事件涉及面相當廣泛，倪匡先生用了三個故事才講述完畢，分別是《原形》、《真實幻境》、《成精變人》。

　　我第一次讀這幾個故事的時候，年紀尚輕，被故事中支離破碎的細節、真幻難辨的場景以及詭異莫測的過程搞得頭暈目眩，以至於全部看完後都未能掌握故事的來龍去脈，更別說領會其中奧妙了。

　　等到我也年歲漸長，再次重讀這三個故事，這些隱藏的奧妙終於透過文字，滲入了我的大腦。

　　故事從一家養雞場丟失了一隻母雞開始，讀者絕想

不到，這麼小的一件事，發展開去，最後竟然揭開了上帝造人的大秘密。

我們的衛斯理，在機緣巧合下，窺見到上帝造人的過程（當然也付出暫時失明的代價）。上帝並非憑空造人，而是在各種生物中植入自己的基因（人類基因），再通過一系列我無法理解也不必理解（信就是了）的方法，造就了一個個性格迥異的人。

和《頭髮》一樣，這幾個故事探討的依然是人類的起源與人性的多變，但已經不是簡單的善與惡的討論，直接觸及了人性中最複雜的部份。

人在地球生物之中最怪異的是，每一個人都不一樣，而且每個人的性格都複雜之極。

取笑人的話中有「人頭豬腦」一句，不是開玩笑，有些人可能腦中真有豬腦的遺傳成份在。以此類推，人腦中各種生物的遺傳成份如何，大抵可以在他的行為中多少看出一點來。

人類雖然有各種禽獸的基因造成各種獸性，可是也

還有人性在，這人性有時候會被獸性所掩蓋，有時候也能夠戰勝獸性。所以上帝始終對地球人存有希望。

在世界各個舞台上，雖然各種妖魔鬼怪衣冠禽獸在狂歌亂舞，但也有不少真正的人在努力使人性得到肯定，從而使人類成為真正的高級生命形式，而不是徒具人的外表而內藏禽獸的心靈。

雖然倪匡先生在很多故事中表達了對人性本惡和人類命運的悲觀情緒，但始終，他還是對人類抱有那麼一絲希望，哪怕只有一絲！

（四）

「陰間」是怎樣一種存在，相信每個人都有自己的理解，但再怎麼想像也脫不出陰風陣陣的酆都城閻羅殿。可是，在衛斯理的奇遇中，陰間卻另有一番解釋。

在很久很久以前，有三個星際流浪漢，為了追求思想自由，逃離了自己的星球，來到地球隱居。然後，他們建立了一個神秘空間，專門收集人類的靈魂。

這個神秘空間，就是倪匡先生筆下的陰間。

衛斯理的陰間奇遇，由五個故事組成，分別為《從陰間來》、《到陰間去》、《陰差陽錯》、《陰魂不散》、《許願》，它們完全顛覆了人們對傳統陰間的概念。

一場慘絕人寰的車禍、大美女李宣宣的秘密、小郭和陳長青的互不對眼、蝙蝠洞中的恐怖情形、來自陰間的寶物、幾十年前的滅門血案、齊白生命形式的改變、游俠的孤軍奮鬥、思想儀的真相、陰間之主的來歷……一連串匪夷所思的情節，形成一幅龐大的敘事畫卷。橫貫數十年的恩怨情仇以及陰間的來龍去脈，在衛斯理手中，終於被徹底解開。原來，陰間只是一個無邊無際的空間，人類的靈魂像螢火蟲般在裏面徜徉，享受着自由與祥和。

當衛斯理問一二三號（星際流浪漢的代號）：「你們創設陰間的目的是甚麼？」他們的回答是：「悶得發慌，總要找些事做做的啊！」

我的天！

恐怖絕倫的陰間，在倪匡先生筆下竟變成樂園淨土，

而創立陰間的目的，居然只為解悶。除了先生，還有誰能作出這樣極具顛覆性的設想？世上畢竟只有一個倪匡！

（五）

有人說，自從衛斯理步入中年之後，衛斯理的故事就變得不好看了。

這樣的說法，也有一定的道理。中年以後，追求人生的安穩是生命的必然趨勢（不是不想冒險，實為精力不夠）。

但是，中年人有着年輕人所沒有的人生智慧，這些智慧，是一筆寶貴的財富。衛斯理故事不是不好看了，而是不會讓人輕易看出其中妙處。須慢讀，須細品，才能從中咀嚼出餘韻綿長的甘甜。這種甘甜，遠比一入口便甜入心肺的滋味要長久得多，層次也更豐富得多。

這其中，最值得推薦的故事，是衛斯理與白素家族中，一段令人感慨唏噓的往事。這段往事，由《探險》、《繼續探險》、《烈火女》、《大秘密》、《禍根》五個故事組成。

白老大平生最大的憾事、白素母親的秘密、女野人背後的真相、哥老會的塵封往事、苗疆石洞中神秘人物的泣血懺悔、殘酷殺害兩隻靈猴的兇手……所有前因後果串連在一起，很多人一生的命運就此被改變。血與淚、笑與悲，一切的滋味，也只有身歷其境的當事人才能體會。

在「探險系列」中，倪匡先生借衛斯理與白素的家族恩怨，寫出了自己對人生的態度。

絕不能預知前路如何，正是人生的寫照，所以每一個人的一生，也就是一個探險的歷程，每人都是探險家，每天都會有新的遭遇，沒有人可以例外。

（六）

終於來到尾聲。

最令人依依不捨的一個故事，是《只限老友》。

這個故事，內容已不重要，因為這是衛斯理這個著名的傳奇人物，留在世上的最後一個故事。

故事的結尾，溫寶裕邀請衛斯理全家一起離開地球，去尋找新的生活。衛斯理一時之間很難決定，不過老朋

友們卻很容易知道衛斯理最後會做出怎樣的決定。

若以後再也看不到衛斯理記述的故事，事情就很明顯了！

事情總要有個決定的！

這也是「只限老友」這個書名的深意所在。

如今，老友們都知道，倪匡先生蒙 C 召喚，去了天堂星。就像所有童話故事的結局一樣：從此快快樂樂地生活在那裏，再也沒有煩憂，沒有痛苦！

（本文原載二〇二二年八月號《明報月刊》）

第二篇——低吟

不是冤家不聚頭──衛斯理與傑克上校 |

　　警方的特別工作室，又稱為秘密工作室，前前後後共有過三任負責人，每一任負責人，都和衛斯理有着密切的關係，都在衛斯理的冒險故事中，擔任過重要或者不重要的角色，然而，每一任負責人和衛斯理的關係，都有着顯著的不同，用心分辨一下，會發現其中有着無窮的奧妙。

　　先說第一任負責人，傑克上校。

　　（題外話一：傑克之前，或許還有上一任，但那不屬於衛斯理故事範疇，可以不理。）

　　（題外話二：倪匡先生筆下的警方特別工作室，除了衛斯理故事，還在其他故事中出現過，比如在「女黑俠木蘭花」系列中，有一個警方特別工作室，主任是高翔，又比如在「神探高斯」系列中，也有一個為了「魔鬼的舞蹈」一案而臨時成立的警方特別工作室，高斯的女友，李玉芳警官，就是這個工作室的成員。）

題外話說完，開始說傑克上校。衛斯理和傑克之間的關係，可以說是一種類似於「歡喜冤家」般的關係。

當衛斯理剛認識傑克的時候，傑克的頭銜還只是少校，但是，傑克身為少校時的故事，我們並沒有機會看到，因為我們在衛斯理故事中第一次見到傑克的時候（那是在《透明光》這個故事中），他已經是中校了。

傑克中校有着一副普通之極的面孔。奇怪的是，他是澳洲的地道英格蘭移民，但是他即使混在東方人中，你也不能認出他來。他的相貌，幾乎可以混在任何人中間而不被人認出來。而如果不是你先開口的話，他也永遠不會出聲，只是毫無表情地望着你！

如果世界上有甚麼人，天生下來就是做特務、間諜的話，那麼，傑克中校就是了。

衛斯理和傑克中校見面的次數並不多，面對面所講的話，加起來大約也不會超過三句。那是因為，衛斯理根本不喜歡傑克中校的為人。

可以看出，衛斯理對傑克的評價並不高，甚至還很

討厭傑克（相信傑克亦然），他們兩人，看起來是怎麼也無法成為朋友的。

的確，在傑克出場的第二個故事《蜂雲》中，他立刻就給了衛斯理一個下馬威。

當一樁兇殺案發生後，傑克帶着一群下屬，在毫無證據的情形下前來抓捕衛斯理，衛斯理自然要為自己據理力爭，可傑克非但不聽，還大叫着：「衛斯理，不要拒捕！」

照理說，傑克與衛斯理合作過多次，應該很了解衛斯理的為人和品性，也應該知道衛斯理擁有着國際警方頒發的特別證件，無論如何不會犯下謀殺的罪行（也或許，傑克知道，但他就是故意的），他還是一本正經地帶着下屬來抓捕衛斯理，目的就是為了讓衛斯理難堪，給衛斯理找不痛快，衛斯理越不痛快，傑克就越高興，真不知道這是一種甚麼樣的心理。

但是，衛斯理也不是一個任人欺負的人，他也會尋找一切機會，將傑克加諸在自己身上的不痛快，加倍地

奉還給傑克。

在《透明光》中的一段描寫，就相當有趣。

那是在傑克邀請衛斯理共同對付可怕的殺人王勃拉克，而衛斯理又拒絕時發生的事。

面對衛斯理的拒絕，傑克惱羞成怒，指責衛斯理擁有着國際警方的特種證件，絕非普通的平民百姓，沒有資格袖手旁觀，還脫口而出辱罵衛斯理：「你是一頭卑劣的老鼠！」

衛斯理當然不甘示弱，趁傑克轉過身去的時候，一個箭步，竄了上去，對準了傑克的屁股，便是狠狠一腳！

那一腳，令傑克向上騰起了兩三尺，然後又重重地跌在地上，在眾目睽睽之下丟了個大醜。

兩個人本來還是在正常的交流，但突然之間，氣氛突變。可以說是傑克先挑釁衛斯理，但也可以看作是傑克對衛斯理以前多次的報復所作出的反報復。

兩個人都是一有機會就給對方難堪，給對方找不痛快，彷彿對方就是自己不共戴天的死對頭一樣。

然而，一旦遇到真正危險的情況，或者需要兩人聯手合作才能應付的事件，他們又能拋開一切怨恨，迅速地調整好自己的心態，將對方當作自己唯一的合作夥伴，齊心協力，將危機解除。

（簡直就是兩個戲精！）

在《合成》這個故事中，傑克甚至為了衛斯理身處險境，而無意識地流露出他對衛斯理的關切之情（真情流露？），不斷地提醒衛斯理：「小心，衛斯理，千萬要小心，要小心！」

其實，傑克和衛斯理，對彼此的能力，都心知肚明，知道對方的長處，也知道對方的弱點，他們彼此之間，實在是相互佩服着的。

傑克就曾對下屬說過這樣的話：「胡說，衛斯理會燒死在車中？你親眼看到的？就算你親眼看到了他的死屍，也要提防他突然又活了轉來！」

而衛斯理得知傑克對自己有這樣的評價時，也感到十分快意（有甚麼比對手的稱讚更令人高興的呢）。

所以，他們之間如果發生甚麼爭執和不愉快，就完全是他們故意為之，他們就是兩個腦電波互相排斥的人，可以一起面對危險，但不能一起享受快樂。每次見面，不給對方找點不愉快，自己就會很不愉快。

然而在某些時候，他們的腦電波也會偶爾合拍，在那種情形下，他們也能好好對話（雖然那種情形並不多）。

> 傑克打完了電話，坐了下來，抹了抹汗，抬起頭來，道：「衛，剛才我錯怪你了。」
>
> 我沉默了一下：「你也害怕，可是麼？」
>
> 傑克沉默了片刻，才道：「人類的一個大缺點，便是辭彙的不足，我不是害怕，我相信你也不是，而是那種莫名其妙，不知所以，像是身在夢境之中，絕無依靠，傳統的機智、勇敢、膽量全部失去了作用……」
>
> ——《透明光》

我看到傑克中校之後的第一句話便道：「慚愧得很，中校，我的任務失敗了。」

傑克中校在我的肩頭上拍了一下，道：「任何人都有
失敗的，你自然也不能例外。」

——《蜂雲》

但無論如何，衛斯理和傑克之間的關係，是對等的
關係，兩個人的氣場幾乎一樣強大，沒有誰能壓得過誰，
雖然有爭執，雖然有對抗，卻總是互有攻守，輸贏各半，
然而到了第二任負責人黃堂，衛斯理與警方特別工作室
的關係，就開始有了變化。

青衫脫去誰同老──衛斯理與黃堂 |

在衛斯理故事中，警方特別工作室第二任負責人黃堂出場的次數是最多的，但其實，他的個人魅力，卻遠不如又痞又壞的傑克上校。

傑克上校，在《新年》這個故事中失蹤了，倪匡先生給出的官方說法是：如果一定要向我追問，傑克上校究竟到哪裏去了，我有一個很玄的回答：傑克上校被「年」吞掉了。

這當然是一種比較隱晦的說法，從故事的情節來推論，傑克上校是為了那筆巨大的財富得而復失，從而心態變得極不正常。他被財富迷了心竅，才不辭而別，離開警隊，去尋找那筆財富，從此一去不回頭。

而非官方的說法又是甚麼呢？其實不過就是倪匡先生在寫完《新年》後，打算結束衛斯理故事，所以才會在（當時以為的）最後一個故事中，給傑克上校這個主要配角，安排了這樣一個結局。

　　至於隔了六年，又開始重新撰寫衛斯理小說，那是倪匡先生當時沒有想到的，所以，重啓衛斯理故事後，在需要警方特別工作室出場的時候，黃堂就誕生了。如果還是一個和傑克性格一樣的角色，未免有些無趣（不如讓傑克回來），所以，倪匡先生就創作出和傑克完全不同類型的黃堂來。

　　黃堂第一次出場，是在《尋夢》這個故事中。

　　（《尋夢》是倪匡先生自己最喜歡的一個衛斯理故事，黃堂能夠在這個故事出場，與有榮焉！）

　　在探尋楊立群與劉麗玲所作怪夢真相的過程中，衛斯理接到了黃堂的電話。在此之前，衛斯理並未見過黃堂，只知道他接替了傑克的職務。

　　也許是懾於衛斯理以往的威名，黃堂在與衛斯理通話時，顯得頗為緊張，言語也變得囉里囉嗦起來，衛斯理的耐心本就不好，哪裏忍得住，不由得大聲呵斥黃堂：「請你爽快一點，不要吞吞吐吐。」

　　就這樣，黃堂第一次和衛斯理打交道，便已處於下

風。

　　也許是東方人與西方人性格上的區別，傑克面對衛斯理時，向來以我為主，從不客氣，當然更不會低聲下氣，即使明知自己需要衛斯理的幫助，在氣燄上，依然非常囂張，絕不會因為有求於人而唯唯諾諾。

　　黃堂則不同，第一次和衛斯理打交道，就不自覺地將自己放到了一個弱勢的地位。可能是因為衛斯理在之前與傑克合作時，解決過許許多多難解之謎，在警方已成為一個傳奇人物的緣故，黃堂自然而然就將衛斯理當作一個圖騰符號，繼而對他產生各種崇敬、膜拜的心理。對於一個「神」一般的衛斯理，黃堂又怎能不謙卑呢？

　　但是，和衛斯理相處久了，黃堂自然也會發現，其實衛斯理只不過是一個普通人，也有着很多普通人的缺點，也不是每一件疑難雜症他都有辦法解決，有時候，自己無法解決的問題，衛斯理同樣也無法解決。

　　不知道從甚麼時候開始，在黃堂的心中，衛斯理已漸漸地從神壇走了下來，不再是那個高高在上無所不能

的「神」了，黃堂對待衛斯理的態度，也有了微妙的轉變，不再那麼尊敬，也開始對衛斯理有了反抗情緒，有時候，甚至還故意不讓衛斯理參與一些古怪事件。

在《第二種人》這個故事中，黃堂就不願讓衛斯理參與事件的發展，他覺得衛斯理做起事來，沒頭沒腦，性子又急，常常成事不足敗事有餘，他寧可找白素來商量，這樣，事件才有解決的可能。

在《異寶》中，當黃堂帶着一隊警員前往事件現場，冷不丁看到了衛斯理，甚至脫口而出：「怎麼甚麼事都有你的份？」這就是衛斯理在黃堂心目中地位逐漸下降的最佳證據。

再看衛斯理，他對黃堂，一開始倒未必有「神」的自覺，更多的是延續他對傑克上校的態度，他對傑克是如何惡聲惡氣的，對黃堂自然也同樣惡聲惡氣（並非針對黃堂，只是習慣成自然）。如果是傑克，面對衛斯理不客氣的態度時，必然會反擊回去，但是黃堂不會，有誰見過一個信徒會對着他所信仰的神明吼叫呢？（能說

出「怎麼甚麼事都有你的份」這種話，已是黃堂所能作出的最大程度的反抗了。）

幾乎每一次，衛斯理和傑克上校意見不一致的時候，就會罵傑克是一頭驢子（猶如孩童鬥嘴）。習慣成自然，當黃堂和他，或者和白素的意見不一致時，那麼，黃堂當然也同樣是一頭驢子。不過，這只是衛斯理和他們相處時的一種模式，並非真的不認可他們，說到底，衛斯理對黃堂還是十分讚賞的。

在衛斯理心目中，黃堂能成為國際警方正式認可的全球二十四名優秀警務人員之一，這令他感到極其佩服。黃堂的確是一個非常優秀的警務人員，撇開衛斯理這尊「神」不談，他對其他人，態度倒是向來不亢不卑，甚至還非常堅持原則。

在白素面前，他就敢於堅持自己的意見，絲毫不讓，甚至不惜和白素爭吵。

而在《怪物》這個故事中，他也是如此，站在警方的立場，對大富豪陶啟泉態度極不客氣，並不因為對方是大

人物而有半分卑躬屈膝之意，這種氣節，倒也頗令人敬佩。

這也可以看出，他當時會把衛斯理奉若神明，多半是由於衛斯理之前在警隊裏的形象實在太過偉大之故，而黃堂本人，並非那種甘於人下的性格，只有讓他無比敬佩的人物，才有可能獲得他的尊重。

也正因如此，黃堂和衛斯理的關係始終親近不起來。（信徒怎能和他心中的「神」做朋友呢？）

後來，衛斯理也意識到了這一點，雖然他對黃堂的印象相當好，但是他也明白，他們之間的交往類型，是無法成為親熱朋友的那一種。

經過長時間的交往，衛斯理已不再是黃堂心中的「神」，但曾經為「神」的痕跡，卻不是能夠輕易抹去的，有時候，黃堂在潛意識中，還是會流露出這種心態來。

《原形》這個故事中，面對雞場神秘事件，黃堂向衛斯理發出無奈的感嘆：「你我二人合作，幹過多少驚天動地的事，如今只為了一個養雞女子，這是從何說起？」

衛斯理鼓勵他：「大丈夫能屈能伸，不打緊。」

黃堂苦笑了一下：「你常說，在一件莫名其妙的事之中，往往可以發掘出一樁古怪之至的事來，這件事，也有這個機會？」

面對難題，黃堂開始失去信心，潛意識中，衛斯理又回到了「神」的地位，黃堂需要衛斯理權威性的回答來支撐他繼續探索的信念。

（人遇到難題，豈非都要向神祈禱，請求神的幫助？）

衛斯理的回答很明確：「這件事，一開始已經夠古怪的了，那位何小姐心中的秘密，一定有我們意想不到的情況在。」

在得到了衛斯理肯定的回答後，黃堂才重拾信心，最後終於揭開了秘密。

黃堂絕非能力不濟，只是對自己缺少一點自信，相比之下，衛斯理的自信就強大得多，這也許就是人與「神」的區別吧。

　　另外，黃堂心中，還有一個小秘密，是誰也不知道的。

　　在衛斯理由「神」變回凡人的過程中，黃堂自然而然對衛斯理產生了抵觸情緒，所以，那段時間，當發生無法解決的疑難雜症時，黃堂首先想到的是向白素求助，而不是衛斯理。

　　在和白素接觸的過程中，黃堂漸漸對這位美麗機智而又風情萬種的女子產生了微妙的感情，這當然是他事先所預料不到的。然而他卻無法去做一些甚麼事，來改變現狀，因為白素已是衛斯理的妻子，他就算再愛白素，也只能將這份感情，深埋在心底。

　　是的，黃堂在心中，一直暗戀着白素！

　　這份埋藏在黃堂內心深處的情感，倪匡先生在衛斯理故事中從來沒有挑明，只是在黃堂即將退場的最後一個故事《洪荒》中（再不說就沒有機會了），才藉由黃而（黃堂的弟弟）之口，稍微吐露了那麼一點點的口風。

　　黃而訝於白素的美麗，未經思考便脫口而出：「大哥，

這女子人長得俊，又聰明，你趕快娶她為妻，不可錯過良機！」

（好尷尬！）

果然，內心的秘密被突然揭穿，任誰都會神色慌亂，企圖掩飾，但往往都是越掩飾就越欲蓋彌彰，黃堂那時的情形便是如此，他慌忙斥責黃而：「你少胡說！」

（嘴上說着別胡說，心裏卻很明白黃而並沒有胡說。）

如果黃而是個懂事的，聽到哥哥這樣斥責，自然不會再說，然而黃而卻是個不通世故之極的人，被黃堂一斥責，反而急得臉紅脖子粗，頓足大叫：「像這種女子，萬中無一，你不娶她，難道還想娶九天仙女不成？」

（很能體會到黃堂當時的心情，真是恨不得地上有條縫能鑽進去，心中最大的秘密就這樣被赤裸裸地暴露在大家面前，實在太丟人了！）

還是白素的話打破了尷尬的局面：「黃而皇之先生，謝謝你對我的稱讚，我早已結婚了。」

一個很好的台階，正當黃堂準備順勢而下時，不懂事

的黃而又開口了，他一個勁地埋怨黃堂：「你早在幹甚麼，怎麼會叫人先把她娶走了？」

（對於黃而，別說是黃堂，我也不知道說甚麼好了。）

黃堂當時的尷尬、狼狽可想而知，但他心裏卻也很可能因為秘密無意中被揭穿而感到釋懷，無論結果如何（肯定沒有結果），他的心意總算傳達給白素知道了（白素那麼聰明，焉有不明之理），他可以昂首離去了。

（喜歡上了「神」的妻子，黃堂還真是了不起！）

由於黃堂一開始就將自己放在低衛斯理一等的位置，之後無論他如何努力，也已經無法改變這種不對等的地位了，除非他將這個「神」徹底毀去，才有可能獲得重生。

在《洪荒》中，黃堂對衛斯理的態度，突然來了一百八十度的大轉彎，也可以說，變得完全不像是黃堂，黃堂終於爆發了！

故事中，衛斯理為了研究一樁奇事，未能顧及黃堂

身為警務人員的立場，結果導致黃堂被革職，甚至面臨牢獄之災。

從那以後，黃堂就將衛斯理視為不共戴天的仇人。

衛斯理數度想與黃堂和好，也數度表示願意接受黃堂的任何懲罰，然而黃堂已然心如死灰，他冷冷地對衛斯理說：「別以為從此我會原諒你，絕不會，我再也不想見到你，單是為了不想見你，我就可以不惜人間蒸發，從此消失。你知道甚麼叫『不共戴天』？這就是！」

衛斯理很是不解，失去了警務工作，還有大把的工作可以選擇，為何黃堂要如此決絕？

其實，黃堂早就向大亨（黃堂與衛斯理共同的朋友）吐露過心聲：「當警務人員，是我畢生的志願。我一直以為自己是最幸福的人，可以在警務工作的崗位上終其一生。可是這幸福卻被衛斯理這混蛋打破了，那等於是扼殺了我的人生樂趣，我還會對其他甚麼工作有興趣？」

對黃堂來說，這件事是足以影響他人生軌跡的大事，是毫無轉圜餘地的原則性問題，衛斯理既然破壞了他的

人生，那麼也就到了該砸碎這個「神」的時候。這一砸，是毅然決絕的，是再也不回頭的！

黃堂離去了。衛斯理故事中，從此失去了一個優秀的警官。這個角色雖然談不上有多令人喜歡和懷念，但長久以來，總也已經把他當作了一個朋友，就此再也見不到他，還是頗令人感慨的。

再看衛斯理，始終木知木覺，並未將這件事看得很嚴重，還是很輕描淡寫地以為這只是一次普通的吵架，以為他和黃堂之間只是甚麼地方犯了沖，還將這件事歸咎於「合該如此」。他不知道，他將永遠失去一個朋友！

衛斯理不明白黃堂為甚麼如此決絕，我卻大概能明白一些。會出現這種情形，問題的根源，還是要追朔到最初的時候，黃堂對衛斯理的崇敬之情，從一開始，就過於盲目了！

寬鬆世代又如何——衛斯理與張泰豐 |

警方特別工作室的第三任負責人，是張泰豐。

衛斯理與黃堂，好歹總算做過很長一段時間的朋友（日久成友），可是張泰豐，卻始終未能和衛斯理成為真正意義上的朋友！

並不是說張泰豐這個人不值得衛斯理與之成為朋友，而是因為，一來，張泰豐與衛斯理的年齡差距頗有些大（但其實這也不是理由，溫寶裕和衛斯理的年齡差了也很多，照樣成為朋友）；二來，張泰豐出場機會太少，少到還來不及和衛斯理成為朋友，衛斯理就已經攜全家離開地球，去尋找新的生活了。

黃堂的離場，有些不太自然，並不符合人物一貫的性格模式，但也可以理解為是為了引出黃堂的弟弟黃而，在黃而身上，會衍生出一個極其不可思議的故事。

（但始終，這種離場方式還是太激烈了一些，我並不是很認同，倒不如像傑克上校那樣突然失蹤，可能情

感上多少還能夠接受一些。）

黃堂雖然離場，但警方特別工作室的負責人總要有人來接替，不然，當衛斯理需要找警方幫忙的時候，誰能夠挺身而出呢？

接替的人選，其實早就擬定。還是在《洪荒》這個故事中，就在黃堂將離未離，仍在取保候審時，這個人就已經登場亮相了。

（也由此可見，先生對於黃堂離場的安排，也是毅然決然，沒有回頭餘地的。）

這個人就是張泰豐。

張泰豐這時還不是警方特別工作室的成員，他只是一個負責調查黃堂失蹤案件的年輕警官。他堅決不相信黃堂會被燒死在火場，發誓一定要弄清真相，用他的話來說，要是不弄明白，真的會死不瞑目。

他在衛斯理面前，雖然一直保持着彬彬有禮的態度，但是，當他表明立場的時候，神情十分堅決認真，看起來十分執着，這倒令衛斯理對他肅然起敬，不由得問道：

「還沒有請教高姓大名。」他立刻立正敬禮回答：「張泰豐，山東煙台人。」

（簡單明瞭，足可見其人性格。）

張泰豐的出場，意味着衛斯理故事，將進入一個新的階段。

《洪荒》創作於一九九六年五月，整個世界即將跨入下一個千年，衛斯理故事到這裏，也已經經過了三十三個年頭。時代在變，衛斯理故事自然也要改變，以往的時代背景不再適用，以往的人物言談舉止也過於老派，是時候給讀者一個全新面目的衛斯理故事了，於是，在這樣的前提下，張泰豐出場了。

張泰豐十分年輕，屬於那種寬鬆世代的年輕人。他充滿了朝氣，也充滿了幹勁，雖然偶爾也會犯錯，也會迷糊，但無論如何，人總是要在挫折中成長起來的。對張泰豐而言，與衛斯理的合作，就是非常好的學習和成長的機會。

反觀衛斯理，由於年齡的增長，行動力下降，雖然

頭腦較以往更為睿智（我並不很確定），但對於不可思議事件的探索，熱情已明顯不如以往。

而且，衛斯理開始喜歡倚老賣老了（壞習慣），張泰豐的年紀，正是他可以倚老賣老的最佳對象。面對衛斯理的賣老，張泰豐的反應，則和當下年輕人應對長輩的方法並無二致——嘴上未必反對，心裏一定不以為然。

在《洪荒》中，當張泰豐對黃堂一家三口竟能避開所有的監控而秘密潛逃一事表示不可能的時候，衛斯理開始擺起老資格，教訓起張泰豐來：「記得：對已經發生了的事情，永遠別說『不可能』。事實是，有三個人在嚴密監視之下，離開了被監視的範圍。根據這個事實，可以證明監視工作一定有漏洞。」

話雖是如此說，但張泰豐對自己所佈置的嚴密監視網有着極度的自信，他從內心不認可衛斯理對他業務能力的懷疑，不過他的作風和溫寶裕大不相同，他也不出聲反駁，只是以沉默來表示抗議。

（雖然張泰豐與溫寶裕的年齡應該差不多大，但由

於溫寶裕出場很早，所以在我心中，溫寶裕已是一個「老人」，而張泰豐，才是真正的寬鬆世代年輕人。）

張泰豐對衛斯理的態度，是尊敬的，但和前任黃堂不同，他並不會把衛斯理當作「神」。就和這個年紀的年輕人一樣，他們絕少會將某個人或者某個組織送進心中的廟堂進行朝拜，甚至說，他們的廟堂裏，所信奉的，只有自己。

像張泰豐這樣的年輕人，絕少虛偽，甚麼事都直來直去，甚麼話都開門見山，雖然看起來少了些人情世故，有時候甚至會讓人有些少難堪，但好處卻是不用費心去猜測他們的真實意圖，交流起來更順暢，更痛快。

當衛斯理勸張泰豐不要再追查黃堂失蹤案件的時候，用的還是一種老前輩的口吻：「這件事，有很複雜的內情，要是你沒有甚麼特殊的目的，我看你就不必再加理會了。」

要是普通的年輕人，在前輩這樣的表示下，多半偃旗息鼓，不加理會了，可沒想到張泰豐卻很妙，他根本

不吃衛斯理這一套，還反問衛斯理：「衛先生，你理會任何事情，都是有特殊目的的嗎？」

這下可把衛斯理問倒了，他無以應對，只好攤了攤手，表示你喜歡怎麼樣就怎麼樣吧。

再來看看衛斯理對張泰豐的印象，大致可以分為三個階段。

最初，衛斯理雖然對張泰豐的第一印象頗佳，但卻也根本沒有把他放在心上，乃至於第二次見面時，連張泰豐的名字也想不起來（好丟臉）。

那一次，在衛斯理的家門口，他看到了張泰豐，心中知道自己認識他，卻就是想不起他的名字來，只記得自己曾在《洪荒》這個故事中記述過他的事跡。倒是張泰豐，察言觀色，知道衛斯理已然記憶力衰退，趕緊大聲報告：「我叫張泰豐──」衛斯理這才陡然想了起來，立刻接上去道：「山東煙台人！」張泰豐爽朗地笑了起來：「正是。」

在一起經歷了幾樁古怪事件後，衛斯理終於記住了張

泰豐的名字，也對他有了深一層的了解，知道了張泰豐是一個很能幹的警官，也知道了他最近連連升級，已經接替黃堂的位置，成為警方特別工作室的新一任負責人。

「機智能幹，頗有好感。」

這，就是衛斯理對張泰豐第一階段的印象。

當張泰豐愛上典希微，對典希微百依百順，甚至為了典希微而做出一些在衛斯理眼中，有違警務人員職守的行為後（將警方內部對案件處理的結果告知典希微），遭到了衛斯理嚴厲的訓斥。

張泰豐自然有他的解釋，但解釋過於牽強，被衛斯理一一推翻，這一過程頗為有趣。

解釋一：典希微是證人，有權知道自己是為甚麼事情在作證。反駁一：你有沒有告知另一位證人事情經過？答：沒有。解釋失敗。

解釋二：典希微在警察學堂兼職教空手道，也可以說是警務人員。

這個解釋更是牽強，都不用衛斯理來反駁，典希微

也聽不下去，出來自認曾強迫張泰豐，以解張泰豐之圍。

張泰豐畢竟年輕，而且老實，被衛斯理一逼，立刻就表示：「事實是我有失職之處──我沒有向上級請示，就自行決定。在整件事告一段落之後，我會把這個經過向上級報告。」

然而，雖然衛斯理看起來對張泰豐咄咄逼人，可實際上，卻並不打算為難他，以上的種種逼迫，可以說是衛斯理倚老賣老心態的又一次發作（看起來衛斯理很享受這個過程）。

「性格軟弱，不夠堅持原則。」

這，是衛斯理對張泰豐第二階段的印象。

等到經歷了蓄水池事件後，在一群官僚都不願承擔責任的情況下，張泰豐挺身而出，將責任全攬到自己身上，這又是衛斯理所想不到的。這時候，衛斯理對張泰豐的印象，又開始轉好，進入了第三階段。

本來，衛斯理對張泰豐被典希微迷得神魂顛倒頗不以為然，但是，張泰豐願以生命對蓄水池投毒事件表示

負責一事，又讓衛斯理十分感動，他完全沒料到張泰豐竟然是這樣有擔當的好漢！

可是，我之所以只說衛斯理對張泰豐的印象，而不說他們之間的關係，是因為，在張泰豐和衛斯理之間，他們的關係，實在是若即若離的。

總而言之，張泰豐在需要衛斯理幫忙解決問題的時候，會給足衛斯理面子，但在需要堅持自己意見的時候，又不會唯衛斯理馬首是瞻。

在這種情形之下，衛斯理與張泰豐的關係，注定只能達到「路人以上，友情未滿」的程度，而無法再更深一步了。

算了吧，高傲的公主——原振俠與黃絹 |

妳那冷感　禁閉情慾

心中卻埋藏着慨嘆

而妳那慾念

憂鬱痛楚　心中渴望

可找到濃情及愛意

——譚詠麟《冷傲的化妝》

當許多個地球年以後，原振俠在茫茫宇宙之中飄流，甚至進入到多向式時間的領域，有時候，他還是會感到困惑：

天地之間，真有她們？

天地之間，真曾有我？

這個時候，他也會感慨，感慨生命曾有的美好。無論如何，在他的生命中，曾經有這樣三位女子，留下了無法磨滅的印記。然而，那已經是很久很久以前的事了……

原振俠還記得那一天，那是一個深秋，一輛大巴緩緩駛到了日本輕見醫學院的空地上，車廂中留學生們的笑聲，衝破了深秋的寂寥，而他自己，正是其中笑得最歡的一個。

想到這裏，原振俠不禁發出了一陣苦笑，那時的他，是如此年輕，年輕到根本不懂得愛情的美好。如果那時，他沒有遇到黃絹的話，一切也許就不一樣了。

原振俠搖搖頭，嘆了一口氣，在他的眼前，又浮現出她的身影來⋯⋯

一推開門，原振俠就看到一雙修長均勻的大腿，裹在一條淺紫色的褲子之中，接着，是細而婀娜的腰肢，還有長及腰際的秀髮。

那女郎望向原振俠，如果眼神不是帶着幾分凌厲，倒是很明麗動人的。

就是那種凌厲的眼神，吸引了原振俠。

原振俠並不是沒有談過戀愛，但是，以往的那些女朋友，與其說是談戀愛，不如說是做遊戲更為合適。原

振俠俊俏的容貌和調皮的性格，使得他成為女同學之間的寵兒，他極享受這種感覺，卻又並未對其中任何一個女生有過感覺，畢竟還年輕，就先遊戲人生吧，原振俠這樣想着，直到他遇到了黃絹。

原振俠很難描述當時自己是甚麼心情，他以前並不喜歡這種性格咄咄逼人的女生，可是，當他見到黃絹的那一瞬間，他的心彷彿被甚麼擊中了一樣，讓他覺得，無論如何，就這樣愛一次也好。

每次見面，原振俠和黃絹都有無數的話要說，他們都是好奇心極其強烈的人，常常會討論他們所不能了解的怪異事情，雖然每次討論幾乎都沒有答案，但是，他們之間的距離卻變得越來越近。

約會了幾次之後，原振俠心中有一些特別的話想對黃絹說，但是，每一次都被黃絹拿一些其他話題引開去，不給原振俠有說出內心感受的機會，幾次之後，原振俠不免有點負氣，算了吧！你是高傲的公主，我也不見得是卑賤的下民！

可越是這樣，原振俠對黃絹的思念就越是強烈，強烈到連他自己也弄不清楚是怎麼回事。

當黃絹在一次冒險中，將卡爾斯將軍打昏後（對，就是那個獨裁者卡爾斯），本來有着很好的逃生機會，但是，就因為她想趁着卡爾斯昏迷時，研究他腦中金屬片的秘密，原振俠就一言不發地陪着她留了下來，哪怕之後無法脫身也顧不得了。

她從來就是堅定的，有着自己的主意，原振俠只能陪着她，圍着她轉。

原振俠並不喜歡這樣，但是，每當他和黃絹在一起的時候，他就無法違抗黃絹的意志，他除了嘆氣，還能做甚麼呢？黃絹對他的誘惑力，實在太大了！

在黑暗中，在卡爾斯將軍的寢室中，黃絹緊緊握着原振俠的手，身子也緊緊靠着他，呼吸變得急促，這樣的誘惑，是年輕的原振俠無法抵抗的，如果不是身處險境，原振俠一定會擁着黃絹那柔軟而輕顫的胴體，再也不願放開。

可黃絹對他的態度，卻始終很曖昧，有時候，甚至還很冷淡。

要不是那一次，在被大雪封住的山洞中，兩個人在生死關頭，產生了異樣的情感，突破了男女間的界限，有了第一次的親密接觸，黃絹和原振俠的關係，不會變得如此奇怪，也不會如此無法言說。

原振俠的思緒彷彿又回到了那個被大雪封住的山洞……

當原振俠和黃絹以為再也見不到對方的時候，突然又在大風雪中遇見了彼此，心中的喜悅實在是無比強烈的，就連平時一向高冷的黃絹，也放下了她的驕傲，令得原振俠只感到她心中洋溢着的萬分溫柔。

然後，他們陡地抱在一起，唇緊貼着，這是他們認識以來的第一次吻，來得那麼自然，正在雙方極度需要對方的吻時發生。他們不斷爭着講話，不斷地接吻，完全沉浸在一種夢幻的境地之中。暴風雪對他們來說已不再存在。

接下去，一切發生得是那麼自然，夢幻又開始，比剛才更加熱烈，暴風雪仍然在肆虐，但對他們來說，甚麼都不存在，幾乎連自己都不再存在。

在那種極端環境中產生的感情，是突如其來的，是無比熱熾的，是無法抵抗的。

如果說在此之前，原振俠雖然愛着黃絹，但還有機會回頭，等到了兩個人有了身體上的親密接觸後，原振俠就再也逃不出黃絹編織的，不，是他自己編織的網，一張鋪天蓋地的夢幻之網，而他自己，對此卻還一無所知。

他以為自己已經俘獲了黃絹的心，為自己千辛萬苦終於修成正果而開心，殊不知，他一生都未能揮去的感情噩夢，這時候才剛剛開始！

黃絹有沒有因為和原振俠有了親密接觸而愛上原振俠？我相信在那一刻，她的心中是有着愛意的。在那種極端環境下，特別容易讓人產生激烈的情感，生死相依中，兩個人只有彼此可以依靠，誰也不知道下一刻還能不能活着，那為何不好好享受這最後的時光呢？

　　然而，黃絹畢竟是高傲的、獨立性極強的女性，她不會容忍自己的男人對別的女人有親密的行為，哪怕原振俠是作為醫生而對泉吟香採取人工呼吸也不行。

　　女王的男人就必須完全聽命於女王，不然，他就不配做女王的男人！

　　所以，黃絹離去了。就在原振俠作為醫護人員，對受傷的泉吟香進行人工呼吸時，黃絹離去了，她投向了卡爾斯將軍，因為在卡爾斯那裏，她可以獲得極大的權力，滿足她的征服欲。唯一遺憾的是，卡爾斯沒有原振俠的絕世美顏，也沒有原振俠那健美的體魄，但那又怎樣，原振俠已是裙下之臣，需要他的時候，還怕他不出現嗎？

　　黃絹對原振俠的了解，遠遠超過原振俠對自己的了解。

　　在原振俠還以為黃絹已經愛上自己的時候，黃絹的心，早已回到了她自己的身上，直到她遇到有着超人能力的白化星人李固。但，那又是另一個故事了。

原振俠想不明白的是，為甚麼在經歷了如此美妙的情愛纏綿後，黃絹還是要離開自己，他生氣，他懊惱，但他卻始終沒有想過，他從來都不是黃絹要的那個男人。

黃絹所需要的，是一個強過於她、能令她仰望的男人，原振俠並不是這樣的男人，所以從一開始，她就不給原振俠開口表白的機會，並非像原振俠所認為的是公主和下民的緣故。至於後來在山洞中發生的事，完全是一場意外，對黃絹來說，這場意外很美好，但也沒有美好到要令自己選擇原振俠作為生命中唯一的男人的地步。

原振俠的第一次感情經歷，以失敗告終。如果他能就此夠吸取教訓，認清自己，這失敗倒也未必是一件壞事，可惜的是，由於原振俠性格使然，導致他在感情的道路上越走越遠，終於走上了一條不歸路！

當特務並不是我的錯──原振俠與海棠 |

> 雙手擁抱過
>
> 咀巴親吻過
>
> 但你敢不敢說熱愛過
>
> ──梅艷芳《愛的教育》

海棠知道，自己現在的這個樣子，原振俠是一定不會喜歡的。

是啊，有哪個男人會喜歡自己的女友變成一個紫醬色章魚一樣的怪物呢？更何況，在原振俠的心中，海棠從來就不是他的女友，或者說，海棠只是他眾多女友中的一個。

一想到原振俠，海棠的心中就有無限落寞，她曾經是多麼深愛這個男人呵！

那一日的情景又浮現在眼前，那是海棠的第一次。當原振俠寬厚的胸膛，緊貼了她柔軟滑膩的胸脯之後，

他們之間已沒有任何束縛，他們不再去想別的，雙方的喘息聲，在他們的耳際交織成為最最動人的音樂，他們自然而然倒下去，先是在沙發上，又從沙發倒向地毯。

然後小小的空間，成了他們兩人的天地，除了他們之外，幾乎沒有任何其他的存在。

海棠流着淚，但這淚，卻不是因為悲傷，而是因為幸福。那麼多年來，在組織嚴苛的訓練下，海棠幾乎忘了自己還是一個人，直到她遇到了原振俠，內心深處被壓抑了很久很久的情感終於噴薄而出，隨着兩個人肢體的交纏，如同宇宙霹靂爆炸一樣的灼熱過去之後，海棠終於成為了一個真正的女人！

海棠躺在原振俠的懷中，感受着他的體溫。不知道過了多久，他們才又開始想說話，他們幾乎同時在對方的耳際，輕喚着對方的名字。他們還是緊擁在一起，擁得如此之緊，彷彿一個人體內的血，可以通過緊擁而流進另一個人的體內，而他們也真正有着生命正在做着交流的感覺。

　　如同夢幻一般，原振俠用親吻代替了愛撫，然後，抱着海棠慢慢站了起來，兩人的目光一直糾纏在一起，像是再也不願分開。

　　對海棠來說，她和原振俠的第一次，是永遠不會忘懷的，哪怕她已經放棄了地球人的形體而成為了外星人，這種感覺，仍然深深地烙印在她的腦海中。

　　那是多麼美妙的感覺，從小就被組織訓練成人形工具的海棠，何曾有過這樣的感覺！眼前這個俊俏可愛的大男孩，在這一刻，正用他的全部氣力在愛着自己、迎合着自己。

　　感動得想哭。這真是一場美麗的夢，要是這場夢再也不會醒來那該有多好。

　　可是海棠知道，自己屬於組織，自己根本沒有資格擁有這樣的美夢，而且，原振俠也根本不愛自己，他對自己，只是一種喜歡，就像他喜歡別的女子一樣，自己從來就不是他的全部。像現在這樣，能夠有片刻的迷醉，已經是自己所能得到的最大恩賜，不該再奢求甚麼了。

海棠又回想起和原振俠一起，去鬼界探險的那次經歷，那真是一次極其危險的旅程，但是，身邊有着他，令得再危險的旅程，也充滿了無限的旖旎風光。

可惜的是，這一切都太短暫，短暫到海棠還沒來得及好好感受原振俠的溫柔，夢就又要醒了。

最後一天，目的地快要到了，眼前的這個男人又將離自己遠去。海棠還有很多很多話想和他說，可是已經沒有時間。

聽到原振俠的低嘆聲，海棠知道，他想對自己說的是甚麼，他想說的是：

「只要你不再騙我、利用我，自你口中吐出來的每一個字、每一個聲音，都是人世間最好聽的聲音！」

（海棠的身份畢竟還是特務。）

但很可惜，他並沒有說出口。

海棠嘆了口氣，她又想起了在南中國海上的那次遭遇，在大海中一起漂流的時候，她終於聽到了從原振俠口中說出的令人心跳不已的動人話語：

「若是這樣一直到生命結束，倒也浪漫得很！」

他真的是那樣想的嗎？他真的願意為了自己放棄一切嗎？他真的能夠陪着自己直到生命的盡頭嗎？

海棠雖然這樣不停地在問着自己，但其實，她的心中早已有了答案。

不會，他不會！

他屬於他的花花世界，他的性格注定了他的生活必須多姿多采，那才是適合他的生活，他絕不會為了自己而放棄任何東西。

他喜歡沉醉在美麗的想像之中，有意地去逃避一些現實，所以，他才會對自己說出那樣動人的話。

那只是他的夢話，永遠無法實現的夢話。

海棠又想起，當自己和原振俠在海上漂流了一整夜之後，自己側頭靠在原振俠的肩上，向他吐露心聲時的情形來，與其因為整天擔心完不成組織的任務，而要受到不知怎樣的懲罰，還不如就這樣漂流在大海中，心情反而更平靜一些。

聽了自己的話，原振俠的臉上，滿是難過的神情。他的頭抵着自己的頭，轉動着，表示着他心中的同情，他喊着自己的名字：可憐的小海棠！

海棠回想着當時發生的一切，她記得自己的心情突然間變得無比激動，忍不住對原振俠說：有你可憐，就不算可憐！

那一刻，在海棠的心中，完完全全把原振俠當作了自己生命的全部。

海棠又嘆了口氣，搖了搖頭。

原振俠總是說不愛自己是因為自己不肯放棄組織，是啊，要脫離組織談何容易，但是，海棠想，如果自己真的脫離了組織，原振俠就會愛上自己嗎？

不會，他依然不會！

雖然很捨不得，但還是要離開他。離開他，也許對大家都好。

海棠下了決定，一定要離開他！

女巫之王也無可奈何——原振俠與瑪仙

> 橫蠻善變柔弱天真
>
> 全是她　不可解的魔術成份
>
> 純白淡色或繽紛
>
> 裙下永遠有個秘辛要探問
>
> ——陳奕迅《裙下之臣》

瑪仙和原振俠，無論怎麼看，都是屬於兩個世界的人，他們倆的結合，從一開始，就是一個錯誤，然而，原振俠卻並沒有意識到這一點。

原振俠和瑪仙的相識，源於一次突如其來的偶遇。

那一天，在醫院中，當原振俠正準備搭電梯去找院長的時候，突然，有一個少女急速地衝進電梯，原振俠的目光瞬間就被吸引住了。

那個少女看來身材相當高䠷，肌膚凝白細緻，她穿着一條時下流行的緊身牛仔褲，腿長腰細，看來十分迷

人，甚至可以使人感到緊身褲之下的肌膚，是那樣地富於彈性，一種只有妙齡少女才有的彈性。

而她的上身，穿着一件碎花白底的襯衫，襯衫的下擺，胡亂地打了一個結，襯衫的所有紐扣，沒有一顆是扣上的，而她又在急速地喘氣，襯衫之內，並沒有胸圍，看上去是甚麼情形，自然可想而知。

電梯之中，忽然之間多了一個這樣奇特的少女，原振俠看了一眼之後，也不禁暗叫了一聲：好美！

他並不是甚麼道德君子，這樣動人美麗的胸脯，自然也百看不厭。

那少女就是瑪仙。

瑪仙此時，還不是絕色美女，雖然身材極佳，但頭臉因為種種原因卻是畸形的，所以，她用布包住了整個頭臉，只露出一雙明亮的眼睛，儘管如此，這時的她，已經有着令人神魂顛倒的本領了。

等到她通過巫術，讓自己恢復美貌，她對男人的誘惑力，更是不必多說。

　　由於巫術的原因，原振俠成了瑪仙生命中唯一的男人，這種強加給原振俠的身份，使他感到了極度的不愉快。但其實，他對瑪仙，並不能說沒有興趣，甚至興趣還十分濃厚。

　　自從見到了瑪仙曼妙的身體之後，原振俠突然發現，自己竟然一直在想念她那誘人的胸脯！

　　原振俠也不是沒有見過女性的胸脯，但如瑪仙這般美麗誘人的胸脯，還是帶給原振俠極大的震撼，原振俠感到後悔，後悔當時自己為甚麼竟然只是盯着她看而沒有甚麼行動。那種悔意，甚至令得他喉頭發乾，手兒發抖。

　　但是，自願成為瑪仙的男人，和被逼着成為她生命中唯一的男人，那期間的差別，卻是非常巨大的。原振俠已經在黃絹那裏吃了一次虧，他不想瑪仙成為第二個黃絹。

　　所以，儘管他為瑪仙而着迷，但他的抵觸情緒仍然非常強烈，然而，他的反抗，卻無法抵禦瑪仙的巫術。

　　他越是叫自己不要想瑪仙，想念的程度卻越來越甚，

他強迫自己，把意念集中在她鬼怪一樣可怕的臉孔上，可是卻一點也不成功，反倒更加在腦海之中，翻騰着她美麗身體的每個細節。

原振俠知道這是巫術的力量，他竭力地和這種神秘力量對抗着，但終於，他投降了，與其說他輸給了巫術，不如說是輸給了他骨子裏的那種浪漫情懷。

即使是巫術又怎樣？瑪仙終究是一個俏美絕倫的少女！

原振俠再也忍不住了，與其自己一個人想得唇乾舌燥，何不立即按地址前往，去找瑪仙，去擁抱那使人迷戀的身體？

不管之後會發生甚麼，都無所謂了，只想眼下抱緊她就好。

在黃絹和海棠相繼離開他之後，原振俠陷入了一種極度的惡性循環中，他的感情猶如脫韁的野馬，再也沒有人能夠拉得住，而他自己，也完全沒有意願去拉住這匹野馬，就讓它盡情地奔跑吧，無論去到哪裏都沒有關係。

　　就這樣，原振俠和瑪仙走到了一起。

　　瑪仙從一開始，就成為了弱勢的一方。巫術的力量，使得她無法再和別的男人在一起，她的生命中只能有原振俠一個男人，她別無選擇。無論原振俠如何對她，她也只能留在原振俠身邊。這時的瑪仙，非但不像是女巫，反倒柔順得有點像是女奴。

　　是啊，瑪仙還能怎樣？原振俠，你倒說說看瑪仙還能怎樣！

　　瑪仙知道原振俠並不愛她，但是她對自己還是很有信心。她畢竟是女巫之王，她就像是一隻巨大的蜘蛛，正在吐絲結網，她不慌不忙，只是不斷吐着絲，她的目標是一隻正在飛離她的昆蟲，可是她卻那麼耐心地結着網，她相信，那隻昆蟲，總有一天會飛撲着投進她所編織的那張網中的。

　　可是，瑪仙還是高估了巫術的力量，原振俠天生有着抗拒巫術力量的能力，瑪仙雖然能用巫術使原振俠想念她，卻無法用巫術使原振俠愛上她，這真是令人感到

非常悲哀的事。

　　原振俠雖然不愛瑪仙，卻也不再排斥她。畢竟黃絹和海棠，都是他得不到的人，如果連瑪仙也不要，那原醫生可真的要變成孤家寡人了。更何況，瑪仙是真正的美女，和她在一起的時候，可以享受到無比的歡愉，對原振俠來說，可能他想從瑪仙身上尋求的，也就是這一點點的慰藉吧。

　　儘管是巫術的原因使得瑪仙只能選擇原振俠，但她還是無可救藥地愛上了原振俠。能成為女巫之王唯一的男人，原振俠的虛榮心自然也得到極大的滿足，他的朋友們都知道了瑪仙的存在，也都會親熱地稱呼她為「原醫生那可愛的小女巫」。

　　但實在，瑪仙的心中，還是悶悶不樂的。雖說有信心讓原振俠愛上自己，但只要原振俠還沒有愛上瑪仙，瑪仙就永遠不會真正地感到快樂。

　　就這樣，原振俠和瑪仙，在這種奇怪的相處模式下，度過了很長的一段時間。

　　終於有一天，瑪仙有了新的選擇，原振俠不再是她的唯一。

　　這並不是說瑪仙破除了巫術的束縛，可以自由地和任何男人相愛，巫術的力量依舊有效，只是瑪仙發現了另一條出路，生命中有了新的目標。

　　當宇宙深處一顆名叫「愛神星」的星球發生災變，即將毀滅的時候，和愛神星有着千絲萬縷關係的瑪仙，發現了自己人生的新目標：她要離開地球，去拯救愛神星！

　　既然原振俠一直沒有愛上她，那她也不再繼續等待，生命中除了男人，還有很多事情值得去做。就這樣，瑪仙揮揮手，告別了原振俠，再也不回頭。

　　原振俠直到這時，才知道自己錯得有多厲害，但是又有甚麼用呢？

　　瑪仙不是沒有給過原振俠機會，當她告訴原振俠，自己將離開地球去拯救愛神星時，只要原振俠說一句：「我和你一起去！」瑪仙還是會繼續着對原振俠的愛意

（可能會更愛），但是，原振俠一點表示也沒有，只是呆呆地佇立着，一動也不動地看着瑪仙離去。

瑪仙徹底絕望了，她已經死心，她和原振俠之間，從此再也沒有任何瓜葛。甚至她和地球之間也再無瓜葛，因為地球上已經沒有讓她魂縈夢牽的人了。

而原振俠，始終處於茫然狀態，甚至在瑪仙要離去之前，還在胡思亂想。

原振俠忽然想到，和自己有親密關係的三位女子，先是海棠毅然地接受了外星人的改造，放棄了地球人的形體，而轉化成了外星人。接着，是黃絹愛上了白化星人李固，自己和她之間的那段情，在黃絹的記憶之中，只怕已成為太久遠的煙塵了。

只有瑪仙，絕不可能有改變，他必定是她一生之中唯一的男人！而他，會不會在瑪仙之外，另外又有新的發展呢？

原振俠想到了這一點，心頭不禁惘然……

原振俠太理所當然了，他把瑪仙的愛只是當作一種

調劑品，他不知道，再深厚的愛，也是需要男女雙方共同來維繫的，在這世界上，從來也沒有無緣無故的愛。

他也從未好好想過，為甚麼黃絹和海棠會離他而去，他從未在以往的失敗中得到任何教訓。他依然故我，依然很瀟灑地（並不）幻想着還有別的女人會愛上他（他甚至還對大美人李宣宣說，要排隊當她的候補追求者），這樣的原振俠，根本配不上任何女人的愛！

瑪仙在臨走前，已經說得很清楚了：原，你是我生命中．唯一能夠擁有的男人，我多麼希望你會愛我，可是我知道，我這個目的，永遠也無法達到。原，你是一個極為自我中心的人！

原振俠兀自喃喃：誰不是自我中心的呢？

原振俠只要面對鏡子，看到自己還在，他就會快樂，就會生活得很好。原振俠自始至終，不知道甚麼才是真正的愛情！

所以，當許多個地球年以後，原振俠在茫茫宇宙之中飄流，甚至進入到多向式時間的領域，有時候，他還

是會感到困惑：

　　天地之間，真有她們？

　　天地之間，真曾有我？

　　這個時候，他也會感慨，感慨生命曾有的美好。無論如何，在他的生命中，曾經有這樣三位女子，留下了無法磨滅的印記。然而，那已經是很久很久以前的事了。

雌豹和白馬——衛斯理美女榜之尾｜

　　男人們聚在一起聊天，聊到後來，話題總免不了在女人身上打轉，所以，聊衛斯理小說，聊到後來，也免不了談論起女人來。好在衛斯理故事中美女如雲，賞心悅目者大有人在，品頭論足一番，或有陶冶情操之功效也未可知。

　　不過，我這個「品」和「論」，絕無貶低女性、將女性當作玩物之意，只是對美麗異性的欣賞與嚮往，發自內心地吐露一些堪與人言的心聲罷了。有極端女權主義者或喜愛胡攪蠻纏者大可繞道而行，不必勞費口舌，特此聲明。

　　閒話表過，進入正題。

　　要說衛斯理故事中的女性角色，實在太多，堪稱美女的，也不在少數，全部寫下來的話，不僅費時費力，也沒有太大意義，索性選出我心目中的十大美女，逐一點評一番，也有以點及面，以少見多的意思。但要事先

聲明的是，這裏評選的，是我心中的十大美女，突出一個「我」字，請大家注意。

那到底有誰可以進入前十呢？細數之下，有了計較，按排行榜慣例，先從第十名聊起。

第十名：莎芭

　　怎也不渴望　寂寞長夜降

　　因你將會奔放　向街裏闖

　　跟晚風碰撞　墮入塵俗網

　　走進黑暗巷　接管國邦

——關淑怡《黑豹》

莎芭這個人物，實在太冷門（若有興趣，可以在不翻書的情況下，考考自己的記憶力），她是個反派角色，在故事中也並不重要，之所以特地提起，是由於她是極少數和衛斯理有過肌膚之親的女子。

那一次，在被莎芭和她的手下威脅的情形下，衛斯理故作輕佻地用手肘去觸碰莎芭柔軟的胸部（原著中為

腰部，竊以為此乃印刷錯誤，按正常男子的身高，手肘伸出去，碰到的應該是相對矮小的女子的胸部，而絕非腰部，不信可以試試，不怕被打的話），當莎芭憤怒地轉過頭來，衛斯理又以閃電的動作，在莎芭的櫻唇上，「噇」地一聲，偷吻了一下！

大家都知道，衛斯理和浪子高達、亞洲之鷹羅開不同，心中只有白素一人，絕不拈花惹草，是專一男人的代表。但在《妖火》這個故事中，衛斯理卻做了非常輕佻的行為，對莎芭又是襲胸又是偷吻，就算這是為了激怒敵人而採取的非常規行動，至少也說明莎芭的美貌是達到一定段數的，若是一個醜八怪，我就不信衛斯理能夠親得下嘴去。

衛斯理初見莎芭時的情形更說明了這一點：未見人影先聞嬌笑，本是賞心樂事，卻又被一支冷冰冰的槍管抵住了後背，樂事變成禍事，繼而又見到一張「美麗的臉龐」，接着是一個「十分調皮的表情」，這一連串的描述，將一個美麗又刁蠻的女子形象刻劃的栩栩如生。

莎芭是一個真正的美女,而真正的美女,是無需太多修飾和描繪的。

但可惜的是,莎芭屬於那種腦筋並不怎麼靈光,只是仗着美貌,憑着一股刁蠻勁,行走在世間的美女。

當她被衛斯理襲胸和偷吻時,明知這是衛斯理的挑釁(也有可能並不知道),本該一笑了之,不去上當,可她卻熱血上頭,訓斥起手下來(不懲罰衛斯理而去訓斥手下,其心態頗為有趣):「你們看到發生了甚麼事情沒有?」手下那群大漢,看來是被莎芭訓斥慣的,立刻異口同聲地回答:「沒有,我們甚麼也沒有看到。」莎芭這才感到滿意(真是自欺欺人):「說得對,這個人,我要留着,慢慢地,由我自己來收拾他。」

她在說那兩句話的時候,面上的神情,簡直就像是一頭擇人而噬的雌豹一樣。

這樣的美女,往往不知道天高地厚,總把自己當作女王,把男人當作可以隨便踩在腳下的玩物。這種心態,其實非常危險,總有一天會吃大虧。

　　所以，當莎芭以為自己可以將衛斯理玩弄於股掌間時，她的命運便開始走向毀滅。明明有機會將衛斯理置於死地，偏偏要向無數影視劇中的反派一樣，就是不下手，就是要逞能，結果給了衛斯理一個反擊的機會，而本來，衛斯理是根本沒有任何機會的。她的手下，也因為長期懾於她的淫威，已經無法作出有效的勸阻，導致她的末日無可避免地迅速來臨。

　　很少在故事中見到衛斯理殺人，偏偏這機會給了莎芭。雖然她性格不討喜，又是反派角色，但畢竟是個大美女，就此香消玉殞，想想也很可惜。

　　當衛斯理扳動槍機後，子彈便如同暴雨般襲向莎芭和她的手下。那是決定衛斯理命運的十秒鐘，只要莎芭和她的手下，有一個人沒有死的話，等待着衛斯理的命運，就一定是受到對方的瘋狂掃射！

　　但是，十秒鐘過後，槍聲停止，現場卻是一片寂靜。衛斯理探頭出去，只看見船艙中橫着七八具屍體。莎芭的身子最遠，她穿着一套馴獸師的衣服，手中握着一根

電鞭，看來是準備打衛斯理的。

然而，衛斯理已沒有法子知道莎芭死前的神情是怎樣的，因為她已沒有了頭顱，至少有十顆子彈，恰好擊中了她的頭部，令得她的屍體，使人一看便想作嘔。

好好的美女，結果弄到連頭都沒有了，如果莎芭在天有靈，看到自己這般模樣，不知道會氣成甚麼樣子。如果有機會讓她重來一次，恐怕還是會同樣下場，畢竟本性難移，信乎哉？

僅論美貌，莎芭有資格進入前十，但也僅此而已。

第十名：馬金花

來吧一起跟我去摘星

騎着駿馬天空海闊兩馳騁

迸發出光芒生命

下半生跟你帶領

──梁詠琪《伴我在夢中馳騁》

對於馬金花的樣貌，其實並沒有太多的文字記錄流

傳下來。覽遍所有的描述，對她外貌的形容，只有一個「白」字。

白衣、白馬、白皮膚，白絲巾，這一切的白，將馬金花襯得與眾不同。

（很難想像一個整天在野外策馬奔馳的女子，皮膚會如此細膩潔白。）

然而，除了白，馬金花似乎並沒有更多容貌上的優勢。也許美是真的美，但這世上，美麗的女子多了去，若是沒有個人特質，那這美，便也入得眼入不得心。

能上衛斯理故事十大美女排行榜，馬金花終究還是和旁的美女不一樣。她的美，更多地體現在氣質和性格上。

馬金花先學會騎馬，再學會走路。先學使槍，才學會拿筷子。先學會罵人，才學會講話。她最出名的四件事是：騎術、槍法、美麗和潑辣。

好一個英姿颯爽的女子！

美麗之外，居然還有那麼多並不常見的特質，真讓人看了就難以忘記。很少有美女會和「騎術」、「槍法」

連在一起（「潑辣」算是常見），馬金花的特點由此而現。

可以想像，外貌算是出眾的馬金花，一旦跨上心愛的白馬，手持烏黑的短槍，策騎着飛馳而去，人和馬融為一體，就像是一團迅疾無比，在向前滾動着的白色的旋風。這樣的情形，看在眼裏，如何不令人心心馳神往？

也難怪，馬金花年僅十二歲，便已吸引了無數的小夥子，將她視為自己的心上人。但馬金花的潑辣與兇狠，也使得無數上門提親的小夥子，一個個鎩羽而歸。

而當她十五歲之後，那股潑辣勁更是有增無減。不少大財主派人來說媒，可是，馬金花最敏感男女之間的情事，凡是前來說媒的人，一律被她割了一隻耳朵，血流滿面地離去。五次，大約最多六次之後，自然也沒有人再敢上門。

這樣的女子，雖然美麗，卻也不是隨便甚麼人可以愛得起的。然而，這就是馬金花，獨一無二的馬金花，讓人又愛又怕的馬金花。

只有這樣的馬金花，才是一個充滿魅力的馬金花！

　　馬金花的失蹤是一個轉折，是她人生的轉折，也是她魅力度的轉折。

　　馬金花的失蹤來得突然，也很神秘（這是《活俑》這個故事的關鍵，有興趣的朋友可以去看原著小說），等她五年後再次突然出現時，一切都不一樣了。其中，她的好朋友，卓長根老爺子的回憶頗具代表性。

　　卓長根想起那天，馬金花在她失蹤的地方，突然又出現的情形。那時，她看來如此容光煥發，那種美麗，不是少女的美麗，只有少婦才會有那樣艷麗的光輝。

　　少女馬金花不見了，取而代之的是少婦馬金花。雖然仍是那般容光煥發艷麗無比，但總覺得缺少了些甚麼，彷彿換了個人似的，並不僅僅是由少女變成少婦那麼簡單。

　　少婦馬金花要去北京上學堂，從此決絕地離開了大草原。儘管讀了書，長了學識，成為世界聞名的大教授，但她已不是那個英姿颯爽、敢做敢為的馬金花。

　　那個魅力十足的少女馬金花，永遠地留在了草原上。

　　當衛斯理見到病床上的馬金花時，她已經九十多歲，

差不多已走到了生命的盡頭。

雖然她皮膚依然白皙，身形依然高大，但是，若將如今的馬金花和年輕時的馬金花相比較，那一定會大失所望。歲月不饒人，七十多年過去了，每一年，每一月，每一天，時間都在人的身上，留下無法磨滅的痕跡。

這時的馬金花，只是一個一動不動半躺在床上的老婦人。

我終於明白，馬金花缺了些甚麼！

馬金花天生是屬於草原的，她的美、她的魅力，只有在草原上才能展現得淋漓盡致，一旦離開草原，哪怕獲得再大的成就，得到再多的榮譽，她也不再是馬金花。所以，馬金花美則美矣，只能排名第十。

話說莎芭和馬金花兩人，一邪一正，黑白分明。她們各有所長，又各有所短，但無論如何都當得起美女的稱號。權衡再三，仍是難分勝負，索性投機取巧，並列第十，皆大歡喜，亦無不可。

蠱師、強盜和使者──
衛斯理美女榜之足｜

第九名：藍絲

藍是輾轉反側在午夜　想起你睡也不穩

藍是盛着寂寞釀的酒　跟星星對飲

藍是傳來流動怨曲聲音　跟你的聲線甚相近

似幕調情戲　難掩蓋的風韻

──蘇永康《有人喜歡藍》

藍絲這個人物給我的感覺很是奇怪。照理說，這樣一個明媚亮麗的少女，應該是我喜歡的類型，但她後來對溫寶裕不冷不熱的態度以及對長老的宗教癡迷又讓我實在喜愛不起來。所以，當初我在寫《倪匡筆下的一百零八將》一書的時候，將藍絲評為下下人物。（倪匡先生曾表示不同意，搖頭大喊：藍絲這麼可愛！）

無論先生如何評價，對於藍絲，我始終捉摸不透，

潛意識中似乎還有那麼一絲對她的恐懼感，也許這與她降頭師的身份是分不開的。好在這篇文章評論的僅是美貌，不計其他，而論美貌，藍絲確是賞心悅目，一出場，就艷光緻緻，奪人眼球。

別說是我，就連溫寶裕，乍見藍絲時，都不由自主地發出驚呼聲來。

因為藍絲不僅膚白如雪，發育成熟，而且身上穿的衣服，又少又古怪。她穿的是一條有荷葉邊的短裙，短得不能再短，以致一雙粉光緻緻、渾圓結實的大腿，全裸露在外。

（走性感路線，迅速將人吸引。）

她赤着腳，在小腿近腳跟處，套着五六隻金鐲子，金光燦然，十分好看。她的左腿上，在雪白的肌膚上，有殷藍色的刺青，那是一條足有三十公分長的蜈蚣，生動之極，也詭異之極。

（詭異之餘，還產生一種莫名的刺激感，吸引力倍增。）

短裙上，是她的細腰，然後是一件短短的小背心，恰好能遮住她飽滿的胸脯，可是雙肩和雙臂，卻是全部裸露在外。

（繼續走性感路線，加深吸引力。）

她的裙子和衣服，全都是十分耀目的寶藍色，在她一邊的肩頭上，也有小指甲大小的刺青，那是一朵花，她的額上，勒着一根兩公分寬的藍色緞帶，上面有着同色的許多刺繡，由於同是藍色，所以不是很容易看得清楚上面繡的是甚麼。

（交代「藍絲」這個名字的來歷。）

她的頭髮不是黑色，彷彿是一種極深極深的深藍色，就像是夏日沒有月亮的晴空的那種深邃無比的藍色。同樣的，她那一雙靈活無比的眼珠，在顏色上也給人以同樣的感覺。

（眼睛是心靈的窗戶，以靈活無比且與頭髮顏色一樣深邃的眼睛，暗示藍絲並非泛泛之輩，實乃大有來頭。）

其實，對藍絲外貌的描寫，倪匡先生並沒有在五官

長相上過多着墨，而是詳細描寫了她的穿着打扮，凸顯了藍絲雖然是少女卻身材成熟（童顏巨乳？）的特點。應該說，這身打扮頗具情色意味，本該引人想入非非，但藍絲的情色並非刻意為之（很高級），所以不會讓人感到下流，只會在視覺上產生極大的衝擊效果！

對男性而言，這種視覺衝擊或許比單純長相甜美更為重要。藍絲另闢蹊徑，以情色裝扮先聲奪人！

除此之外，藍絲的性格也很活潑開朗。初見溫寶裕，她便大大方方地伸出手和溫寶裕相握，使得溫家小寶歡喜不已。她還對溫寶裕說：「如果師父肯收你為徒，我就是師姐，你就是師弟。」藍絲樣子俏，言語又動聽，這一番話，直說得溫寶裕雙眼發直，只知道「嗯嗯啊啊」，不知如何應對，就差沒有口噴白沫了。

藍絲看到溫寶裕這種神情，想笑而不好意思笑，俏臉上笑意洋溢，令她看來更是動人，溫寶裕忽然嘆了一聲：「你真好看。」

藍絲一聽，眼瞼下垂，長睫毛抖動，聲音更輕柔動

人：「苗家女子，有甚麼好看的。」

那一刻，溫寶裕的心中，一定有一些甚麼事情發生了，發生的事，對他來說，重要之極！

溫寶裕的俊美帥氣，足以使他成為被女生倒追的對象，他的眼界自然不會低，對美的欣賞力當然也高於常人。良辰美景這對雙生女，不可謂不好看，但相識那麼久，從未得到過溫寶裕的一句稱讚，然而藍絲，才剛認識，便已被讚為「你真好看」，可見那一定是發自內心的喜愛。

和莎芭不同，藍絲是個是極聰明的女子，很懂得如何與異性相處（也許苗女天生情商高？），之前各種活潑各種性感，到最後，突然再來一番小女兒的嬌態，任是誰看了，都會動心吧。溫寶裕從此成為藍絲的裙下之臣，也就很能讓人理解了。

藍絲排名第九，名至實歸。

第八名：可羅娜

留住你　留住你　難放手　難放手

陪伴我　陪伴我　求永久　求永久

夢乍醒　怎接受　無奈它　必須走

情緣像海市蜃樓

——林子祥《海市蜃樓》

可羅娜是一個美到可以讓男人「天涯海角也要找到你」的女子。

當航海家江文濤第一眼見到可羅娜的時候，就愛上了她。一個四海為家的男人、一個很難墮入愛河的男人，僅憑着那一眼，便為她的美麗而傾倒，無可救藥地愛上了她。那時候，他甚至還不認識她，不知道她的名字，更不知道她的來歷。

江文濤是在一種非常特殊的情況下，見到可羅娜的。那一次，他在沙漠旅行，偶然遇到了海市蜃樓，出於好奇，江文濤拍了幾張照片，沒想到，竟然拍到了一位阿拉伯女郎。

　　那阿拉伯女郎，有一雙水汪汪的大眼睛，使得任何男人看到了，都會不由自主地呆上一呆，然後在心中暗嘆一聲：好美！

　　她的微笑很甜，她的長髮，有幾絲飄拂在她的臉上，那使得她看來更加嫵媚。她看來很高，修長而婀娜。

　　這個阿拉伯女郎，就是可羅娜。

　　只是一個海市蜃樓中的影像，就能夠讓江文濤決心辭去大有前途的工作，以一生的時間，去追尋他心中的愛人，可羅娜究竟有多美，大家盡可以想像一番。

　　總覺得倪匡先生在書中的描寫，並未能寫出可羅娜美麗程度的百分之一，或許也是因為她實在太美，美得超出了人類語言所能夠描繪的極限，不然，她如何能令江文濤這般着迷？才過了一個月，便已相思到形銷骨立的地步！

　　然而，江文濤並不知道，如此美麗的可羅娜，卻有着一個可怕的身份。若不是衛斯理在偶然中找到可羅娜，並揭破她的身份，江文濤還不知道要做夢到甚麼時候。

　　大家都以為，可羅娜是一個純潔、天真、溫柔的阿拉伯少女，但其實，她是整整一族以搶劫為生的阿拉伯人的首領，她在沙漠中橫行不法，以殘忍出名！

　　天哪，這樣一位美麗的少女，竟然是強盜頭子！

　　這個落差實在太大，大到讓人一下子無法接受。（你說你感到萬分沮喪，甚至開始懷疑人生……）

　　現實中的可羅娜，雖然看來仍然非常美麗，但是卻美麗得令人心寒，尤其是她的一雙眼睛，簡直冷酷得像是石頭雕成的一樣。她的笑容，是一種獰惡邪氣到了極點的笑容，以她那樣美貌的女子，在她的臉上，會浮現如此邪惡的笑容，真是令人不敢想像的事！

　　夢醒了！

　　美麗的皮相下是一個醜惡的靈魂，那這樣的美麗，還有甚麼意義？

　　所以，無論可羅娜之前有多美，此刻都一筆勾銷。回頭再看開始時的那句「天涯海角也要找到你」，只覺得無比諷刺。

　　天涯何辜？海角何辜？

第七名：李宣宣

唯獨是天姿國色　不可一世

天生我高貴艷麗到底

顛倒眾生　吹灰不費

收你做我的迷

　　　　　　——梅艷芳、張國榮《芳華絕代》

李宣宣有三個身份。

第一個身份，是電影明星，這也是她展現在大眾面前的身份。

作為電影明星，李宣宣非常成功，她既是大眾追捧的對象，也是大眾公認的美女，仰慕她、追逐她的男性簡直「如蟻附羶」，其中不乏一擲千金的富豪，但李宣宣的態度，卻十分有意思。

在一個盛大的宴會中，有一個富豪，當眾把一顆鑽石雙手呈送給李宣宣，還裝作若無其事地，面帶從容不迫的笑容說：「一顆鑽石，據說在已發現的鑽石之中，排名第六，我把它改了一個名字：神秘的宣宣，希望你喜歡！」

　　事後，所有參加了那次宴會的女性，都一致公認，無法抗拒這樣的禮物，因為那顆鑽石實在太動人了——富豪手上所捧的，簡直是一團火，一團光，一團宇宙亙古以來贈與地球的瑰寶！

　　可是，李宣宣卻久久沒有出聲，任由鑽石的光芒，映得她明澈的雙眼之中，彩色變幻，形成令人目眩的奇景。

　　直到富豪開始冒汗，李宣宣這才開口：「我有接受的理由嗎？」

　　富豪趕緊吸了一口氣：「當然有，只有你，才配得起它！」

　　李宣宣像是等的就是這句話，她展顏微笑，活生生的俏笑，所散發出來的光芒，顯然蓋過了鑽石的光芒，她的語言不多，可是人人聽得清楚，她道：「是嗎？你剛才說這鑽石在世上排名第六，而我，一直以為自己是排名第一的！」

　　她說着，就半轉過身去，再也不看那鑽石。

　　雖然這裏幾乎沒有提到李宣宣的容貌，但讀者完全

可以感受到她那種奪人心魄的美麗和超級自信的態度，這大概就是傳說中的「不着一字，盡得風流」吧。

而在成為電影明星之前，李宣宣還曾當過選美冠軍，那個冠軍的得來，也極富傳奇性。

選美還沒有正式開始，李宣宣一亮相，其餘十來位候選者就自知絕無希望，紛紛退出，以致形成了世界選美史上從未出現過的奇景，只有李宣宣一個候選人！

（倪匡先生寫故事，好作驚人之語，以極誇張文筆，寫極平常事件，乃使平常變得不平常，誇張變得更誇張。）

這就夠轟動的了！

（前所未有的奇景，之後怕也不會有，若還不轟動，更待何時？）

而且，李宣宣真的美艷無方，不論體態肌膚，五官臉龐，甚至頭髮腳趾，無一處不美──她能令其他的候選人退出，承認她的美麗，可知她真是美的化身，要同是女性，承認另一個女性美得自己無法相比，真是談何容易，比登天難多了！

（終於開始描寫李宣宣的容貌，但倪匡先生卻早已詞窮，只好用「無一處不美」、「真是美的化身」這些空泛的辭彙來形容李宣宣的美麗，這才知道為甚麼之前要「不着一字」。）

李宣宣的第二個身份十分神秘，神秘到了沒有人能探查出她的來歷。

神秘本身雖然不屬於美貌的範疇，但神秘卻能給美麗添上一層迷人的色彩，所以，就讓這份神秘繼續保持下去好了。

再來說說李宣宣的第三個身份。

第三個身份其實和第二個身份有着千絲萬縷的因果關係，必須從頭說起。

話說關於李宣宣的美麗，在文人墨客間留下不少文字，相比倪匡先生對李宣宣容貌的描寫（堪稱小學生作文），另一位風流才子為宣宣所寫的文字，才深得她美貌之三昧（堪稱千古奇文），其中一段極盡溢美之能事：

翩若驚鴻，婉若游龍。榮曜秋菊，華茂春松。髣髴兮若輕雲之蔽月，飄颻兮若流風之迴雪。遠而望之，皎若太陽升朝霞；迫而察之，灼若芙蕖出淥波。穠纖得衷，修短合度。肩若削成，腰如約素。延頸秀項，皓質呈露。芳澤無加，鉛華弗禦。雲髻峨峨，修眉聯娟。丹唇外朗，皓齒內鮮。明眸善睞，靨輔承權。瑰姿艷逸，儀靜體閒。柔情綽態，媚於語言。奇服曠世，骨像應圖。披羅衣之璀粲兮，珥瑤碧之華琚。戴金翠之首飾，綴明珠以耀軀。踐遠遊之文履，曳霧綃之輕裾。微幽蘭之芳藹兮，步踟躕於山隅。於是忽焉縱體，以遨以嬉。左倚采旄，右蔭桂旗。攘皓腕於神滸兮，采湍瀨之玄芝。

華容婀娜，玉顏光潤，簡直美麗絕倫，所以，李宣宣排名第七，只低不高。

有人問：李宣宣的第三個身份呢？怎麼不說了？

咦，不是已經說過了嘛，哈哈！

第六名：芭珠

> 我承認都是月亮惹的禍
>
> 那樣的夜色太美你太溫柔
>
> 才會在刹那之間只想和你一起到白頭
>
> ——張宇《月亮惹的禍》

在談論芭珠的美之前，引用了張宇的這段歌詞，想說明的是，芭珠的美，和月亮（夜色）有着莫大的關係，也可以說，月亮就像是一具美麗放大器，將芭珠本身已很超卓的美麗放到無限大的程度。

在葉家祺的記憶中，他與芭珠的第一次邂逅，就發生在那樣的月色下。

那一天晚上，葉家祺正在河上泛舟，突然，有一個女孩子自水中浮出，攀住了船舷。她的臉上、頭髮上，全是水珠，在月色之下，那些水珠，就像是珍珠一樣，

一顆一顆地自她的臉上滑下去，

　　她仰頭望了葉家祺一會兒，突然從水中跳了起來，跳到了船上。她是那樣地美麗，身上幾乎是全裸的，葉家祺的心跳得劇烈極了，他的心中，突然起了一種十分甜蜜的幻想。

　　迷人的月色下，美麗的少女裸裎相對，有哪一個年輕人可以抵抗這樣的誘惑？更何況芭珠的裸露，並非色情誘惑的故意裸露，那只是苗疆少女風俗習慣的自然展現，這種絲毫不帶邪念的裸露，美的猶如造物主的恩賜。葉家祺若是還能自持，那他就不配當一個男人！

　　在衛斯理的記憶中，他與芭珠的第一次邂逅，同樣發生在那樣的月色下。

　　那是在江南的姑蘇城中，芭珠從苗疆趕來，想挽回情郎的心，但終於沒有結果，然而，憂傷的情緒依舊蓋不住芭珠的美。

　　天上的烏雲移動，月光露了出來，衛斯理看到了芭珠，看到了在月光下的芭珠。

芭珠的美麗，是另具一格的，她的臉色十分蒼白，看來像是一塊白玉，她的臉型，如同夢一樣，使人看了之後，彷彿自己是置身在夢幻之中一樣，而可以將自己心頭所蘊藏着的一切秘密，一切感情，向她傾吐。如果說衛斯理一見到了芭珠，便對她生出了一股強烈的愛意，那也絕不為過。

迷人的月色下，美麗的少女心懷憂傷，有哪一個年輕人可以抵抗這樣的情緒感染？更何況芭珠的憂傷，源自於衛斯理的好友葉家祺，正是因為葉家祺的始亂終棄，導致了自己生命的終結，也導致芭珠生命的終結。芭珠不僅為自己而憂傷，也為葉家祺而憂傷。衛斯理若是不被這種深切的憂傷所感染，那他也不配當一個男人！

當芭珠香消玉殞，將她的美麗還給大自然的時候，月色依舊還是那樣的迷人。

還是在苗疆，在那條芭珠與葉家祺初遇的河上，芭珠躺在木筏上，她的臉色，在月色下看來，簡直就是一塊毫無瑕疵的白玉，她閉着眼，她的那樣子，使人一看，

就知道她已經離開人世了。

　　哀歌的聲音，聽來更是令人心絃震動地哀切，所有的人，也哭得更傷心了。

　　衛斯理像是着了迷一樣，又像是飲醉了酒，他一直來到了芭珠的面前，他的眼淚，滾滾而下。然後，連他自己也不知道是怎樣開始的，他和着苗人們的聲調，也開始唱了起來。

　　衛斯理唱了許久，然後，伏下身來，用手指輕輕地撥開了芭珠額前的頭髮，在月色下看來，芭珠就像是熟睡了一樣，她美麗得如同童話中的睡美人。

　　而如果衛斯理的一吻可以令得芭珠醒來的話，他一定會毫不猶豫地去吻她的，但是，芭珠卻是不會醒的了。

　　衛斯理並不是一個好哭的人，然而，他的淚水卻不住地落下，滴在芭珠的臉上，滴在芭珠身上的花朵上，他完全沉浸在那種悲傷的情緒中，不知時間之既過，直到第一絲的陽光，代替了月色。

　　月色已隱退，陽光已初現，芭珠也該離去了。而留

在大家心中的，只有那絕世驚艷的美麗，宛若千百年來的一個傳說。

第五名：竇巧蘭

煙花會謝

笙歌會停

顯得這故事尾聲

更動聽

——許美靜《傾城》

在說竇巧蘭之前，先來說說另一個女子。

這個女子的出場，頗有些戲劇性。她並未直接露面，而是先送來兩件東西，一件是白老大的名片，背面有白老大龍飛鳳舞的兩行字：「介紹故友之女，若有所請，務必盡力而為。」

另一件是鐵蛋大將軍的介紹信，上面寫着：「阿理：故友之女，有不情之請，請盡可能答應，一切請和她面談。蛋。」

　　白老大輕易不會動用自己的特種名片，鐵大將軍也早已看破紅塵不問世事，這個女子竟然可以勞動兩位高人替她引薦，可以說神通廣大之極。

　　衛斯理從她的姓氏「於」，猜到了她的身份。她的父親於放和鐵蛋大將軍是同袍，身經百戰，負傷纍纍，是一位了不起的傳奇人物。

　　但是衛斯理卻猜不透為甚麼白老大會認識這位將軍，還是白素揭開了謎底，白老大認識的，並非於將軍，而是這位於女士的母親。

　　可是又有了新問題，於女士的母親是甚麼樣的女人，會和白老大有交情，使白老大肯寫這樣的介紹信？

　　交情自然是有的，而且還不是一般的交情，交情好到白老大當年甚至還曾特地為她畫過一幅畫。衛斯理曾見過那幅畫，那畫，可以說是白老大的巔峰之作！

　　那是一幅水彩畫，畫中的美女艷光流動，美目顧盼，巧笑嫣然，像是隨時會開口向你訴說衷情一樣。

　　衛斯理雖然知道白老大繪畫功力極深，尤其精於人

像，可是也想不到竟然可以好到這種程度！

（再一次感受到了倪匡先生在描寫美麗時的力有不逮，人類的詞彙實在太貧乏了！）

大家是不是已經開始對這位母親感到好奇了？不過，還是將她放在一邊，先來看看她的女兒於女士閃亮登場時的情形。

於女士攜着白老大的名片和鐵大將軍的介紹信前來拜訪衛斯理，當她和衛斯理打了一個照面之時，剎那之間，衛斯理只覺得眼前陡然一亮，一腳踏空，幾乎沒有從樓梯上直摔了下去，趕緊抓住了扶手，兀自覺得一陣目眩。

這是何故？要知道衛斯理可從來沒有如此失態過。事後，衛斯理吐露心聲，他雖然早就知道來人十分漂亮美麗，有了心理準備，可是由於突然在眼前出現的情景和想像中相去實在太遠，而且眼前出現的情景是無論如何都想不出來的，所以他還是受到了極度的震動，以致舉止失措。

衛斯理更強調，他對看到的美女完全沒有任何目的，尚且如此，如果換一個對之有愛慕之意的人，所感覺到的震撼，必然十倍、百倍於他！

故事中，倪匡先生並沒有直接描寫於女士的臉容，因為他知道他沒有這個能力──世界上也不會有任何人有這種能力，所謂「非筆墨言語所能形容」，是真有這回事的。

似乎在衛斯理的故事中，無論多麼美麗的女子，都沒有發生過「非筆墨言語所能形容」的情形，最多是詞不達意，無法表達美麗之萬一，但這位於女士竟能直接就讓倪匡先生投降，我實在無法想像她有多美！

令人震驚的事情還在後面。

衛斯理為於女士的美麗而震動，脫口而出：「於女士好美！」

於女士只是淡淡一笑（同樣的讚美詞她一定從小到大聽慣了），道：「謝謝，比起家母來，我差遠了。」

驚呆了！

於女士已經美到讓人無法想像，居然有人能讓她覺得「差遠了」，而且這個人，還是她的母親，我簡直驚呆了！

（其實早該想到的，能讓白老大特地為她作畫的女子，又豈會是庸脂俗粉？）

到這裏，已經不需要再對這位母親作甚麼描寫了，任何的描繪都是多餘。

這位母親，就是本文的主人公，竇巧蘭。

可惜的是，衛斯理無緣見識到年輕時的竇巧蘭（白老大見過，真幸福！），當他見到這位傳說中赫赫有名的「女諸葛賽觀音」的時候，竇巧蘭已然垂垂老矣。

儘管如此，竇巧蘭還是神采奕奕，好端端地坐着，並不是軟癱在沙發上，她的臉色雖然十分蒼白，一點血色都沒有，可是配合她的一頭銀髮梳成的髮髻，卻又出奇的調和，使人感不到死亡的陰影，只感到非常安寧的靜止。

她的臉上當然有皺紋，可是配合她秀麗的臉龐和她

那雙顧盼之間，仍然神采流轉的眼睛，也顯得十分和諧。

這是難以形容的容顏和神態，總之是使人一看就覺得舒服無比，所謂「如沐春風」，大抵就是這種情形了。

竇巧蘭的笑容十分可親，而且動人，很難想像她年輕的時候笑容會怎樣，現在就使人感到不論她說甚麼，接着這種笑容而來的話，必然也會極其動聽。

這種感覺，實在是非理性之極，可是面對這樣的笑容，誰還會去理會自己的感覺是不是理性。

看，即使是到了隨時會「哲人其萎」的年紀，竇巧蘭依然美得令人無法理性面對，這份感覺，遠勝千言萬語！

排名第五，似乎有點委屈了她。

第四名：米倫太太

以後未來像個謎

只知愛你愛難逝

無論有沒有將來

Let me hold you one more night

——劉美君《最後一夜》

　　米倫太太有一枚她最喜歡的戒指，這枚紅寶石戒指，雖然只不過一公分平方大小，但卻美得像是蘊藏着整個紅色的天空。

　　只不過是一枚小小的寶石，卻美得如此驚心動魄，你說奇怪不奇怪？

　　米倫太太生前，沒有朋友，沒有親人，只是孤僻地住在一間小房間中，那房間中除了床之外，沒有別的甚麼，你說奇怪不奇怪？

　　這樣的一個米倫太太，自然而然，給人以一種孤獨、衰老之感。也自然而然使人想到，她是一個古怪的老太婆。

　　唯一能和米倫太太說上一兩句話的，是小女孩姬娜。

　　姬娜曾經一本正經地歪着頭，對我說：「米倫太太很美麗，唉，如果我有她一分美麗，那就好了，她有一頭金子一般閃亮的頭髮，長到腰際，她的眼珠美得像寶石，她美麗得難以形容，我爸曾告訴過我，那是在他喝醉了酒的時候，他說，米倫太太，是世上最美麗的女子。」

　　等等，似乎哪裏不太對。米倫太太不是一個古怪的老太婆嗎？怎麼在姬娜口中突然又變成世上最美麗的女子了？

　　這一定是姬娜的幻想。

　　「她的確是那樣美麗！」姬娜抗議着：「只不過她太蒼白了些，而且，她經常一坐就幾個鐘頭，使人害怕。」

　　嗯⋯⋯這樣子⋯⋯那米倫太太大概是個美麗的古怪老太婆吧。

　　「不！」姬娜繼續抗議：「她好像是不到三十歲，二十六，二十七，我想大概是這個年齡。」姬娜側着頭又補充了一句：「她的確是世界上最美麗的女人。」

　　啊？！非但是世界上最美麗的女人，而且還不是老太婆？

　　這個米倫太太真是個謎一般的女人。

　　「我想，」姬娜裝出一副大人的樣子來，墨西哥女孩是早熟的，姬娜這時的樣子，有一種憂鬱的少女美，

她道：「我想，大約是爸愛着米倫太太。」

咦？米倫太太居然還有仰慕者，不如去採訪一下好了。

「嘿，基度先生，聽說你愛着一位世界上最美的女人？」

基度陡地呆了一呆，他定定地望着我，面上的肌肉，正簌簌地跳動着，好一會，才從他的口中迸出了幾個字來，道：「她，你說的是她？」

「不然會是說誰？」

基度苦笑了起來，道：「朋友，那是一個秘密，我從來也未曾對人說過，朋友，我一點也不愛我的妻子，愛的是一個金頭髮的女子，正如你所說，她是世界上最美麗的女子！」

姬娜沒有瞎說，她的爸爸果然愛着米倫太太！但是，米倫太太真的有那麼美嗎？「世界上最美的女子」是不是有點誇張了？

嘿，嘿，基度先生，你別哭呀，你為甚麼要哭呀？

啊，啊，你說是你害死了米倫太太？這是怎麼回事啊？哦，哦，你還藏着米倫太太的照片。在哪裏？在米倫太太的房間裏？好，好，帶我去看看吧。喂，喂，基度先生，你別再喝啦，再喝就醉啦。嘿，嘿，基度先生！

好吧，基度先生喝醉了，看來只好自己去米倫太太房間找照片了，還真好奇，這個米倫太太到底長得甚麼樣呢？

在米倫太太的小房間裏，我找到了一本看來像是日記簿一樣的小本子，裏面每隔上二十幾頁，就有一幅圖片，而且還是彩色精印的，那種印刷之精美，實在是難以形容，它們給人以一種神奇的感覺，在一看之下，彷彿人便已進入了圖片之中去了！

那是美麗之極的風景圖片，有崇峻的高山，有碧波如鏡的湖，也有綠得可愛的草原，還有許多美麗得驚心動魄的花朵。在翻到最後一張圖片的時候，才看到了兩個人。

那兩個人是一男一女，男的身形十分高大，比女的

足足高出一個頭，寬額深目，十分之好看。而真正好看的，卻還是那個女子，那是一個金髮女郎，她的一頭純金色的頭髮，直長到了腰際，散散地披着，像是一朵金色的雲彩一樣地襯托着她苗條的身形。在那一刹間，簡直令人有一種窒息的感覺。

如果這個金髮美人就是米倫太太的話，那麼，是難怪基度會如此深切地愛着她的，只不過是一張她的照片，在感覺上而言，便已然如此之難以形容！

真的難以想像，如果真有那樣一個金髮美人出現在面前的話，我會有甚麼感覺。

太美了，地球上哪有那樣的風景？地球上哪有那樣的美人？米倫太太是外星人。是的，在衛斯理故事中，出現外星人是再正常不過的事了。米倫太太一定是外星人！

等等，似乎又有哪裏不太對。為甚麼我在照片中看到了野百合？看到了紫羅蘭？看到了紅草莓？如果米倫太太是外星人的話，那照片上的風景和地球上的風景也太相似一些了。

難道，米倫太太還是地球人？

算了，還是請米倫太太親自來解釋一下吧。有人問，米倫太太不是死了嗎？如何還能親自解釋？呃……這是一個秘密，你們難道沒有發覺，米倫太太整個人都像是一個謎嗎？

當我終於找到米倫太太時，我第一個印象便是：她是人麼？

她那頭金髮，是如此之燦然生光，而她的臉色，卻是白到了令人難以相信的地步，和最純淨的白色大理石毫無分別，唯一的分別是大理石是死的，她是活的！

她的眼珠是湖藍色，明澈得使人難以相信，她的雙眉細而淡，是以使得她那種臉型，看來更加是有古典美。

基度先生曾說過米倫太太美麗，他說，任何男人一見到她，都會愛上她的，那真是一點不錯。但是需要補充的是，那種「愛」，和愛情似乎略有不同，而是人類對一切美好的物事的那種愛，是全然出自真誠，自然而然的。

　　米倫太太將她的故事告訴了我，可是我卻不想說出來，畢竟，我寫這篇文章的目的是為了展現米倫太太的美麗，而不是探尋她的秘密。不過，我的忘年老友衛斯理已經將米倫太太的故事寫成了《奇門》這本書，任何對米倫太太感興趣的朋友都可以輕易讀到這個故事，從而解開她的謎。

　　最後，我想強調的是，米倫太太真的很美很美，照片和文字實在很難將她的美麗描繪出哪怕萬分之一，只有見到了她，才會明白我說的話。

　　米倫太太是世界上最美麗的女人，當之無愧！

萌妹子和大姐頭——衛斯理美女榜之胸｜

　　從莎芭到米倫太太，衛斯理故事中出現過的美女已經數了一圈，這些美女，無論正邪都各具特色，也都是令人難以忘卻的絕色佳人。也許有人會問，這些美女一個比一個美，第四名的米倫太太甚至已是「世界上最美的女子」，那前三名還怎麼排？

　　別擔心，這個世界上的事，只要肯動動腦筋，總有辦法的，不是麼？

第三名：典希微

如果想開心　為甚麼需要等

你是神話的聲音　我耳朵想旅行

尋一點開心　讓甚麼都發生

你是漫天的風箏　我眼睛想旅行

　　　　　　　　　——黎明《眼睛想旅行》

對不少讀者來說，典希微這個名字似乎很是陌生，但不要緊，在衛斯理故事中，哪一個美女不是由陌生變成熟悉的呢？

典希微的名字很有來頭，並非所有人一看到她的名字就可以說得出其中的典故，也只有一下子就能說出她名字來歷的人，才有資格直接喚她的名。

我們的張泰豐警官，就是其中的幸運兒。他第一次聽到典希微的名字，就知道那是出自《老子》這部典籍，惹得典美人心花怒發，巧笑倩兮，反倒害得張泰豐頗有些沒做手腳處（樣子卻又非常甜蜜）。

美人一嫣然，張警官泰豐便陶陶然矣，而讀者如我，讀至此處，亦陶陶然也。

之前的那些美女，美雖美矣，但實在高不可攀，藍絲、李宣宣、芭珠、竇巧蘭、米倫太太，哪一個不是傳說中的人物，又哪一個能伸手可得？

典希微卻不同，她就在你眼前，看得見摸得着，活生生的一個清秀女郎。只要你肯努力，只要你夠上進，

這位女郎，就很有可能成為你的女朋友。沒有高不可攀，沒有難以親近，文靜中帶點活潑，聰慧間有些精怪，這樣的女郎，誰不喜歡？

喜歡了就好，回過頭再來看看衛斯理眼中的典希微。

在衛斯理眼裏，典希微相貌清秀，身形苗條，動作斯文，雖然忍不住在笑，可是半掩着口，絕無放肆之態，使人對她第一眼就有好印象。

典希微的美，無需太多修飾句，像甚麼「僅憑一眼便為她傾倒」、「俏笑的光芒蓋過了鑽石」、「從未見過比她更美的女子」……這些話統統都不需要。典希微的美，簡簡單單，就兩個字：清秀。足矣！所謂大繁若簡大美若素即是如此。

希微（我一早便猜出她名字的來歷，所以有資格直接叫她名字）非但美麗，人還極有趣。她興趣愛好非常廣泛，於是乎生活自然多姿多彩。

她文武雙全，既能打空手道、耍梅花劍，又能釋屈原辭、辨甲骨文，尤其喜歡周遊列國，全世界到處亂跑，

知道了有甚麼探險隊的行動，就千方百計要求參加。

哇，了不得，要想抓住希微的心，不花點功夫看來還真是不行。

希微常有奇思異想，不經意間妙語連珠，每令人錯愕，繼而開顏，試記一、二則。

時值深夜，又身處荒郊，忽然有類似鬼的東西出現，驚慌害怕是正常的反應，然而希微卻不慌不忙，居然仔細打量起鬼的樣子來（可能鬼反倒會嚇一跳），這份膽量和鎮定功夫，絕對超人一等。

在衛斯理的詢問下，希微還笑着解釋：「人不是常常有機會見到鬼的，難得看到了當然要看仔細一點，不看白不看啊！」

聞之絕倒，希微實乃妙人也！

另一次，當希微向張泰豐提到她要隨探險隊去巴拿馬探險的時候，循規蹈矩的張泰豐極不放心，問道：「去探險？探險的目的是甚麼？」

希微回答：「還不知道，等我捐贈了十萬美元之後，

他們會寄詳細的資料給我。」

張泰豐聽了這樣的回答，幾乎想一頭撞死！他以警務人員的本能，勸阻希微：「騙局！那顯然是騙局！」

希微的自信異乎尋常，她道：「世界上還沒有騙徒高級到知道利用探險來行騙──行騙是最卑鄙的行為，而探險是最高貴的行為，兩者扯不到一塊。」

再次絕倒！希微之天真浪漫可見一斑！

然而細思之，又覺得她的話不無道理，大有可咀嚼之處。

如此有趣的清秀女郎，敢問世間有哪個男子不喜歡不愛慕？

張警官泰豐夠幸運，只因一下子說出希微名字的來歷，就獲得美人青睞，而在他們成了情侶之後，更是少不了火辣辣的熱吻。

希微結束探險後，張泰豐特地趕去巴拿馬迎接她，才一下直升機，希微便大叫一聲，來不及卸下身上所背負的裝備，就向前奔了過來。

　　兩人很快就碰在一起，緊緊擁抱，而且熱吻，此情此景，就算白癡也可以知道那是一對久別重逢的愛侶，所以其他的探險隊員一起熱烈鼓掌。

　　當着那麼多人的面，希微絕不猶豫，絲毫也不掩飾自己內心的情感，這份坦率和大膽，亦非尋常女子能及。

　　美女之所以成為美女，除了五官樣貌之外，更要有獨特的氣質和別樣的風情，希微樣樣皆備，真令人喜歡！

　　因為喜歡，便覺她越看越是可人，所以，希微排名第三，不要不服氣。

第二名：黎明玫

我用歲月去換嫁妝

但哪位在乎我　給我禦寒

說說笑笑匆匆交往　試過幾趟

被愛都感到驚慌　未信天生有情郎

　　　　　　　　——楊千嬅《有過去的女人》

　　如果說典希微是清純女郎的代表，那黎明玫便是成

熟女子的典型。

我對黎明玫的偏愛，自從看完《鑽石花》這個故事後，就未曾停止過。自己也覺得奇怪，在衛斯理故事中，比黎明玫美麗、比黎明玫性感、比黎明玫有趣的女子比比皆是，為甚麼偏偏對她如此偏愛？

想來想去，也許是伊人已逝矣。和衛斯理一樣，在最初的一段時日裏，我也幾乎每天都回味着黎明玫的故事，在心中叫着她的名字，而每每在不知不覺中，淚水便滴在書頁之上。

對逝者的懷念，隨着時光的流逝，會變得越來越強烈，而這種懷念的心情，也會將伊人的樣貌無限美化，乃至近乎完美的地步。

或許，這就是我將黎明玫排在第二位的緣故吧。

黎明玫出場時，人未現身，聲音先至。那是一個很甜蜜的聲音，甜蜜得不像是一個優雅華貴的女子（又是誰規定優雅女子的聲音不能甜蜜呢？），她的笑聲，充滿了迷人的誘惑力，讓衛斯理心中產生了異樣的情緒，

但其實，她也不過才三十出頭年紀。

　　黎明玫的膚色很白皙，不是那種蒼白，而是如溫潤軟玉一般的白，在燈光的淺照下，她的輪廓，隱隱有着一圈光華。她並沒有化妝，只是淺淺撲了點粉，粉中透出的，是微紅的臉頰，然而就是這淡淡素顏，將她的美襯托得格外動人。

　　黎明玫款款地走向衛斯理，腰肢擺動間，滿是那信手拈來的高貴優雅。她穿着一件寶藍色的絲綿袍子，那袍子，剪裁的恰到好處，使她那曼妙的身材一覽無遺。她的腳步如此輕盈，宛如少女般淘氣，她一伸手，便似下了心蠱，瞬間佔滿了衛斯理的整個宇宙。

　　然而，黎明玫畢竟已不是少女，她已是一個少女的母親。

　　黎明玫的臉上，流露出母性的光輝，她輕輕地將她的纖手，放在衛斯理的手背上，柔聲地說除了一番令衛斯理完全沒有想到的話：「衛先生，請相信我，不論你怎樣救石菊出險，但是絕不及我想救她的心情，來得迫

切，因為，我⋯⋯我是她的母親！」

這樣的變化，讓年輕的衛斯理感到吃驚。看起來還很年輕的她，竟然已是做了母親的人？不過，黎明玫纖手所帶來的溫柔觸感，又讓年輕的衛斯理心跳不已。他如何能抵擋得住黎明玫的成熟魅力？他開始手足無措，開始語無倫次：「你⋯⋯是她母親？可是你是那麼地年輕！」

黎明玫伸手摸了摸自己的額角，嘆了一口氣：「我也老了。」

年輕的衛斯理連忙道：「你一點也不老！」

這絕不是衛斯理的阿諛之詞，事實上，在他眼裏，黎明玫的確一點也不老，非但不老，而且正像是一朵開了一大半的花朵一樣，是一個美麗的女人最美麗的時刻。

（可是，如此俗氣的比喻，又怎麼能配得上黎明玫的美麗？）

但這時的衛斯理，哪裏還能想得出甚麼合適的詞句，他的心，已被黎明玫填滿。

衛斯理徹底淪陷！

雖然得到衛斯理的稱讚，但一想到女兒石菊仍身處險境，黎明玫不禁落下淚來。一旦觸及心底最脆弱的地方，黎明玫無論武功有多強，畢竟也只是一個女人。

這時的黎明玫，是軟弱的、無助的，沒有甚麼比一個軟弱無助的美女更能激起男人的保護慾了，那一刻，衛斯理只想帶着她浪跡天涯。

可惜的是，衛斯理並不能保護黎明玫，反而像個孩子似的，處處需要黎明玫的保護（黎明玫也因此而失去了生命）。

那時的衛斯理畢竟年輕，他還不知道女人需要的是甚麼。他不了解黎明玫，也不懂得黎明玫的心。

他以為自己愛她，其實他愛的，只是那個幻影。

衛斯理把玩着那朵鑽石花，像是在鑽石花的光輝之中，看到了黎明玫的倩影。但奇怪的是，衛斯理所見到的黎明玫的幻影，像是十分幽怨，有許多話要說，但是卻又不敢說一樣。

這大概是由於衛斯理心中對黎明玫原來便存有這樣

的感覺，所以在幻像中，黎明玫才會那樣。

　　常會想，如果黎明玫仍在世，那衛斯理還會不會和白素在一起？

　　這個問題沒有答案，也不必有答案。

　　伊人長逝矣，如同那鑽石的花，瞬間璀璨過便迅速凋零。

　　然而她獨有的風韻之美，卻在記憶裏長久地綻放着，永不枯萎。

不是白素——衛斯理美女榜之首 |

第一名：黃芳子

夢中人　多麼想變真

我在心裏不禁

夢中尋　這分鐘我在等

你萬分鐘的吻

——王菲《夢中人》

第一名居然不是白素？對，不是白素。

不是白素那還能是誰？是芳子，又名黃蟬的黃芳子。

不服氣？且先看看衛斯理的女兒乍見芳子時的情形。

才和黃蟬打了個照面，她就現出驚訝的神情，脫口道：「媽，這女子比你還好看！」

知母莫若女，連女兒都說芳子比白素好看，那是真的好看了。如果還不服，我們就再繼續。

衛斯理聽了女兒的讚語，心中大奇，接着就問：「誰？」

一聲才問出口，就聽得一個怯生生的聲音應道：「衛先生，是我！」

衛斯理眼前頓時出現了以下的畫面：

人影一閃，一個窈窕頎長的妙人兒，款步走進了門，站在白素的身邊。

白素本就有讓屋子徒增明亮的美麗，但那麗人站到了白素的身邊，更是如同寶玉，如同明珠，麗光四射，白素雖然不致於被她比了下去，可是能和白素在一起而又不會給白素比下去，也就難能可貴之至了！

「白素雖不致於被她比了下去」之語，大概也只有衛斯理才會這麼說，明眼人都看得出，實在，白素的確被黃蟬比了下去。在白素身邊，都能顯得如同寶玉如同明珠，獨自一人時，光芒怕不知要射出幾千里之外去。

如果還不服，我們就再繼續。

且說衛斯理嘴硬，死撐白素，這也是夫妻情深，情有可原。但是一旦醉酒，神志迷糊間，沒了這層羈絆，衛斯理立刻現出原形，上演了一齣在衛斯理故事中絕無

僅有的精彩好戲。

那一天，衛斯理酒醉歸家，一進門，醉眼朦朧之中，見一個佳人俏生生地站着。佳人穿無袖上衣，玉臂裸露，肌膚賽雪，耀眼生花，長髮飄落，身形窈窕，這般可喜娘，又是在自己家中，不是白素是誰？

衛斯理打了一個噎，哈哈大笑：「我是沒有壯志的，不要餐胡虜肉，咬咬佳人的裸臂就行！」

說着，一把把佳人拉了過來，摟在懷中，張口向白生生的玉臂便咬。

（好一個可喜娘！）

（即使醉酒，即使眼花，自己老婆總不該認錯，偏偏可喜娘實在可喜，索性裝瘋賣傻一番，也無傷大雅。）

可是，衛斯理才一張口輕輕咬了上去，就覺得不對頭了。

首先，溫香軟玉，才一入懷，便覺通體酥柔無比，那遠非擁慣了的愛妻，緊接着，左胸乳下，陡然一麻，全身的氣力，一起消散，連張開了的口，也沒有了合起

來的氣力。

衛斯理總算還有點良心，佳人入懷後立即醒悟（不是酒醉了麼），但是，還是有一處漏了餡。

「通體酥柔無比，遠非擁慣的愛妻。」這是甚麼話？原來白素入懷的感覺離酥柔無比還差得遠，還是說，擁了大半輩子，擁膩了？

衛斯理與白素，自然是一雙神仙伴侶。但不是說，衛斯理對別的女性就毫無想法，之所以沒有想法，是因為白素太優秀，優秀到衛斯理根本不必對其他女性有甚麼想法，其他女性可以給予衛斯理的，白素都可以給予，其他女性給不了的，白素也可以給予，在這種情況下，哪裏還需要想其他女性？

（衛斯理也是正常男人，正常男人在妻子之外會想其他女性，那是人的本性，和道德無關，而正因為有了道德的約束，絕大多數情況下，男人們只是想想而已。）

黃蟬的出現，讓衛斯理第一次感到，原來在白素之外，還有別的美麗女子（可喜娘）！

就在衛斯理被佳人點了穴之後，他看到那窈窕的身形，柳腰一閃，正迅速地向後退去，彷彿她所受的驚恐，猶在自己之上！

衛斯理之所以感到佳人吃驚，是由於她在疾退開去時，還發出了「嚘」的一下呻吟聲。

（酒醉了，卻還能觀察得如此細緻……）

那是一個絕色佳人，站在離衛斯理約有三公尺處，她俏臉之上的驚惶之情才退去，顯然剛才，衛斯理突如其來的「攻擊」，雖然沒有全部完成，但是也足以令她大大吃驚了！

這就是典型的得了便宜還賣乖。黃蟬突然被一個男人如此偷襲（雖然衛斯理說自己是無意的），總免不了一陣慌亂。然而她到底久經訓練，慌亂過後，立刻恢復鎮定。

黃蟬明眸之中，那種嘲弄的意味，卻更濃了。（嘲弄得好！）

她柔柔地道：「白日醉酒，有意一闖禁地？」

衛斯理心中暗想，這婆娘（剛才還是佳人，被嘲弄

後就變成婆娘了）雖然千嬌百媚，但是也機靈厲害無比，打馬虎眼不易蒙混過關，所以沉聲道：「是，醉眼昏花，對不起，認錯人了！」

黃蟬笑得不懷好意：「原來你和白姐，常這樣打情罵俏，咬來咬去！」

衛斯理心中不知罵了黃蟬多少次「這女子真可惡」，然後老實不客氣，借用了現成的典故來回答：「閨房之樂，有甚於畫眉者！」

（我看衛斯理才可惡，明明是自己的錯，卻惡人先告狀，說黃蟬可惡。）

黃蟬再厲害，身份再特殊，畢竟也只是個姑娘家，被衛斯理不要臉的話一堵，自然無法再接下去。

她只是狡獪地一笑。出乎意料之外，在一笑之際，竟然有兩朵紅霞，飛上了她的雙頰。

（衛斯理竟然還在毫不知羞地欣賞黃蟬的美。）

剎那之間，她俏臉白裏透紅，嬌艷欲滴，看得人賞心悅目之至──不管是不是好色之徒，人總有對美的欣賞

能力，而那時的黃蟬，真是美艷不可方物，令人無法不讚嘆這種難得一見的美色。

（衛斯理，你不要再解釋了！）

衛斯理看得大是失態，而黃蟬卻立時恢復了原狀，適才的艷麗，不復再見，就在這時，老蔡捧了茶出來，殷勤地道：「請喝茶。」

老蔡平日對來客的不禮貌是出了名的，但這時非但態度熱誠，而且根本沒有發覺衛斯理已經回來，由此可知美人的魅力，無遠弗屆。

衛斯理自知失態，為了掩飾這份尷尬，趕緊拉了老蔡來墊背，也算頗有急智。只是可憐老蔡，莫名當了衛斯理的替死鬼，還不知道是怎麼一回事。

讓衛斯理如此神魂顛倒的美女能有幾人？黃蟬之美，無人能比，就問你服未！

其實，衛斯理眼中的黃蟬，還遠非她最動人的模樣。那時節，黃蟬的美，當真堪稱世間絕品。

黃昏時分的神木居，散發着獨特的魅力。屋子由巨

大的檜木建成，以至高無上的月牙榫接合，在柔和的燈光下，有一種朦朧的古典美，讓人恍恍惚惚，宛若身在幻夢之中。

就在這幻夢中，坐着一位安靜的女郎。那女郎穿着一雙月白緞子，繡着幾莖墨蘭的軟鞋，潔白亮淨。看起來，像是才從一幅甚麼畫中走出來，還沒有適應這個世界，所以才會有這樣的靜態。

宋自然就是在這個時候，走進了神木居。

那女郎見到宋自然，現出了七分喜，三分意外，一張俏臉，頓然活色生香，亮麗紛呈，看得宋自然賞心悅目之至，然後，便忘記了自己的存在。

女郎翩然轉身，帶起了一股淡淡的香風，令他陶醉。

幻夢還在繼續。

第二天的黃昏，夕陽西下，漫天紅霞漸漸化為紫色，宋自然倚在木柵前，當暮色四合之際，他看到一輛腳踏車，轉進了通向屋子的小路，車上的女郎，秀髮飄揚，身形窈窕，不是芳子卻又是誰？

宋自然平日絕非熱情如火的人，在陌生的女性面前，更是拘謹得很。可是這時，不知是一股甚麼樣的激情，竟驅使他向前直奔了過去，迎着駛來的腳踏車，一下子伸手，抓住了車把。

在車上的芳子，也沒有過度的驚訝，只是睜着她在暮色中看來，澄澈明亮的眼睛，望定了宋自然。

宋自然先是叫了一聲：「芳子！」

接着，他全然不知這該說甚麼才好，把住了車子的手，甚至在微微發抖。

芳子微笑着，她的笑容如同柔和的春風，使宋自然的緊張得到鬆弛。

她發出了一聲低呼：「啊，我母親把我的小名告訴你了。」

（美人美景！即使只是相對而立，輕語片句，已然夫復何求！）

宋自然已然失去了自我意識，呆呆地隨着芳子來到屋中。只見屋中放着一張琴，那琴看來甚是小巧，但形

式奇古。宋自然一見，連忙把一張几搬動了一下，放在椅子之前，芳子坐了下來，撥動琴弦，琴音清越，可是忽然之間，音調一變，竟是柔膩無比，令人心神俱醉。

接着，她就曼聲唱：「鶯鶯燕燕春春，花花柳柳真真，事事風風韻韻，嬌嬌嫩嫩，停停當當人人。」

琴音配着歌聲，再加上曲調膩人，一曲唱罷，最後「人人」兩字，甜甜地在耳邊嫋嫋不絕……

芳子所唱的這一首越調天淨沙，正是喬吉的名作，通首全用疊字，風光艷膩之至，經芳子曼聲一唱，朱唇輕啟之際，幾疑不是人世。

唱畢，芳子玉臂輕舒，指尖輕挑，曲調又是一變，變得明快閒適，恰如清風明月之下，有閒雲淡月，冉冉飛來，迎風展襟，令人心胸大開。

琴音未止，芳子已然翩然起舞，舉手投足，狂而不輕，體態之優雅，難以想像，總想不到人的肢體，可以有這樣動人的姿態。等到芳子一個盤旋，轉到了宋自然的面前，戛然凝止，亭亭玉立時，宋自然情不自禁，雙

臂伸出去，想去輕撫她的腰肢。

可是芳子卻又立即飄然退了開去，一面道：「見笑了，今日困倦，怕會失儀，明日再敘。」

她說着，轉過了屏風，一閃不見。

佳人飄去，琴音猶在，舞姿倩影，宛若仙子，縷縷幽香，攝人魂魄，除卻癡字，無可形容。

這一刻，真願自己化身為宋自然，若能一親佳人芳澤，此生無憾矣。

也許有人會說，芳子（我就愛喊她的小名，你奈我何，哈哈）是十二金花之一，也是那個極權組織的一分子，卿本佳人，奈何做賊，德行到底有虧，如何能搶得排行榜首名的寶座？

哈哈，本榜是美女榜，只論才色，無關德行。連莎芭可羅娜皆可入榜，何況芳子乎？

若是還要夾纏不休，且先看看原振俠醫生是如何痛罵王大同的：

原振俠陡然轉過身來，用不屑而凌厲的目光盯着王大

同，聲色俱厲：「她是活生生的真人，我看你倒是假人，面對這樣的美女，還要念念不忘去追究她的來歷，王大同，你不配！」

那個故事中（《從陰間來》），原醫生罵的雖然是王大同，但其實也是在罵世間眾多不解風情之人，當然，你一定不屬於其中，對嗎？

結束了。

結束了？

怎麼沒有白素？選十大美女竟然沒有白素？這怎麼可能？

先別着急，且聽我言：

白素何許人也？大冒險家衛斯理摰愛的髮妻。

既是衛斯理摰愛一生的女人，還需要甚麼榜單來證明自己麼？

當然不需要。

所以，結束了。

真的結束了！

第三篇——輕舞

衛斯理故事三大系列（一）成精 ｜

衛斯理故事共有一百四十五個，能稱為系列者，大抵就是三種，分別為：探險系列（苗疆系列）、陰間系列、成精系列。

有人另歸納了第四個系列「思想儀系列」，但在我看來，這個系列實在不能稱為系列。

所謂系列，其中的每一個故事都必須指向同一主題，而且所有故事合起來，可以成為一個大故事。但是所謂「思想儀系列」，它的四個故事（《將來》、《改變》、《闖禍》、《只限老友》）都是獨立故事，有着各自的主題，且並不能合成一個大故事。被認為系列，大概只是因為故事都和「思想儀」這個物件有關吧。

當然，這並不是本文想要討論的主題，所以，且讓我們將注意力集中到三大系列上來。

「成精系列」可能是三大系列中最被低估的一個系列。對這個系列，大家的關注度很低，網路上的討論也

不多，我第一次讀的時候，甚至還認為相當難看，直到若干年後重讀，才終於發現，「成精系列」實在是一部不可多得的神作！

　　兩次閱讀感受竟如此不同，甚至完全相反，這種情形想想也甚覺詭異。

　　「成精系列」和別的衛斯理故事不同，故事性並不算強（甚至有點悶），而且很燒腦。想要讀懂，需要一定的門檻，即超凡的想像力（若沒有超凡想像力，很難認同故事中的核心設想，也就沒有看的必要）和嚴密的邏輯思考能力（由於故事涉及在真與幻之間多次切換，若邏輯不嚴密，則會看得一頭霧水無法理解）。

　　我初次讀「成精系列」時，完全像豬八戒吃人參果，發現故事很悶就匆匆翻過、囫圇吞下，根本沒能體會到故事中的深意（因為沒有看懂，所以會覺得不好看）。重讀時，沒有了對故事的期待，反而可以耐住性子好好感受故事中所蘊藏的內涵。到第三次重讀，再把第二次沒有完全讀明白的地方想明白，不禁拊掌大笑，我終於

跟上了衛斯理的腳步！

　　這個系列，不能當作普通小說一樣看，一定要耐住性子，跟隨着倪匡先生的思路，細細地品，才會發現，「成精系列」真的是一部很有思想深度，可以上升到哲學層面的系列故事。

　　「成精系列」的第一個故事是《原形》，它和後面的兩個故事《真實幻境》以及《成精變人》，在寫作時間上相差了近兩年，可以視作整個系列的序章。

　　《原形》其實算不得是一個完整的故事，它始於一場車禍，並在追尋真相的途中戛然而止，只得出一個朦朦朧朧的猜測性結論。我想，也許是倪匡先生在寫這個故事時，對故事的主題思考得還不夠成熟，只有一個模糊的想法，所以無法進一步挖掘，只能以一個開放式結局來收尾，等到兩年後，設想成熟了，便有了後面兩個故事，乃組成一個系列，完成了對主題的深入探討。

　　「成精系列」的主題就是：非人生物要如何才能變成人類，也就是俗話說的「成精」。

別小看這個主題，一般來說，生物成精，只是傳說或者神話故事裏的情節，從來也沒有人把它放到現實中來思考這種可能性。

倪匡先生在這個系列中，首次撕開生物成精的神秘外衣，將它從傳說中帶進現實來，讓讀者正視這個問題。在現實中，只要條件適合，任何生物其實都是可以通過某種途徑，達到成精（變成人）的目的。這也是「成精系列」了不起的地方，原以為荒誕不經的傳說，竟真的可以化作現實，不得不佩服先生那無窮無盡的想像力！

《原形》的開頭，並未直接進入故事，而是提出一個老問題，來和讀者探討一番。這個老問題就是：一件東西（包括有生命或是無生命的），當你看到它的時候，它是這個樣子；若在完全沒有人看到它時——意思是它不在任何視線之下，或不在任何監視的情形之下，它是甚麼樣子的呢？

這個問題最初出現在《洞天》這個故事，但《洞天》的故事，其主題和「成精系列」完全沒有關係，所以，

先生自己也說：「是在哪一個故事中提出的，不記得了，也懶得去翻查，反正故事本身並不重要，重要的是這個問題。」

因為，同樣的問題可以衍生出不同的故事，於是，便有了《原形》這個故事。

故事開始，是一個男人和一個女人的相遇。

很老套，是不是？不過，這一對男女的相遇，卻多少有點不同。不同在於，男人由於失戀，而在一個雨夜，站在馬路中央淋雨，結果，開車從轉角轉過來的貨車女司機為了躲避他，導致車輛側翻，受了重傷。這樣的事，畢竟不是經常發生的。

男女相遇後，雖然也發生了感情上的糾纏，但這只是個插曲，並非故事的重點。《原形》終究還是衛斯理故事，而不是亦舒的愛情小說。

故事的重點在於車上的五百六十隻雞，既然之前提過，「成精系列」的主題是探討非人生物要如何才能變成人類，那大家想必都能猜到，這些雞，一定和「成精」

這個主題有關。是的，《原形》的故事就圍繞着何可人（那個女司機）的雞場展開，甚至整個系列也都圍繞着這個雞場展開。

在雞場裏，有一股神秘力量，可以改變生物的生命形式，也可以令人進入幻境（故事情節簡單到用這一句話就能概括）。至於知道了雞場的秘密之後，接下來會發生甚麼事情，那就不在《原形》的範圍內，直到兩年後，倪匡先生創作出《真實幻境》和《成精變人》，讀者才能對這個主題有進一步的認識。

《原形》的故事雖然情節不算精彩，至少還有一個故事，但在讀《真實幻境》的時候，我實實在在像是做了一場夢。由於心態的不對，第一次閱讀時，我還對這個故事下了「難以卒讀」的定語。

也難怪，每一次看一個新的衛斯理故事，總會抱有讀到一個精彩絕倫的故事的期待，沒想到，《真實幻境》的開頭比《原形》還悶，居然用很大篇幅寫了一場無聊的研討會，雖然研討會的主題是「生命形式轉變的可能

性」，聽起來應該很有趣，但由於研討會本身實在無趣得很，所以看得我哈欠連連。

好不容易等到金維（非人協會會員之一）出場，和衛斯理一起去何可人的難場進行探索，卻又遇到真實和幻境兩種不同環境的無縫切換，直看得我暈頭轉向，不知所云。而且，因為覺得悶，所以看得極快，本來，真實和幻境之間的設定就不太容易理解，再加上看得快，更是無法讀懂，這也是我第一次讀《真實幻境》，會認為這本書「很難看」的原因。

等到第二次重讀，沒了心態上的錯位（不再期待讀到一個精彩的故事），在閱讀過程中，倒是讀出了之前所無法體會到的趣味。這才發現，倪匡先生原來是想利用這三個故事（整個系列）來闡述他對生物成精所作出的種種設想，這些設想，極為精妙，絕對是從未有人想到過的，這也是我重讀完所有故事後，又將「成精系列」捧為神作的原因。

由於篇幅的關係，《成精變人》在故事情節上並沒

有太多的進展，只描寫了金維和衛斯理在真實和幻境之間來回切換所遭遇到的一些狀況，主要以「神遊」方式進行，而不是身體實際的行動（這也是第一次讀的時候會覺得悶的原因之一）。

《真實幻境》的故事，同樣沒有結束，和《原形》一樣，留下了一個「欲知後事如何，且聽下回分解」的結尾，不過這個「後事」，卻比《原形》中何可人與大公雞的下落要吸引人得多（我就對何可人的下落一點興趣也沒有），這次是預告了神鷹在不久的將來，會通過雞場的神秘力量，由鷹變人。

從來這種非人生物變人的故事，都是通過傳說或神話來敘述，猛然間來到現實，以一種科學的方式來詮釋，實在令人萬分期待。

（倪匡先生非常善於將傳說用科學的方式來詮釋，早年一部《聚寶盆》，將傳說中的聚寶盆設想為太陽能立體金屬複製機就令人無法不拍案叫絕！）

《真實幻境》的結尾，在預告完「後事」之後，倪匡先生還通過溫寶裕之口，作出了一種有趣的設想。

　　溫寶裕認為，在人類出現之前，地球上有各種各樣生物，可就是沒有人，於是某種外星人運用力量，使各種生物變成人——成精，而人的的形狀就是那種外星人的形狀，基督教《聖經》說上帝照他的樣子造人，就是這個意思。

　　所以人根本就是各種各樣生物成了精之後變的，各種精的後代，都維持人的形狀——《白蛇傳》中白蛇所生的兒子就是人，甚至還中了狀元！

　　別的生物每一類都幾乎完全一樣，只有人，明明都是人類，卻五花八門，甚麼樣的人都有。從外形來說，有的人虎背熊腰，有的有獐頭鼠目，有的人水蛇腰，有的人鷹鈎鼻……簡直不勝枚舉。從性格上來說，有的人行為如豺狼，有的人懷有梟獍之心，有的人勇敢，有的人軟弱……也同樣不勝枚舉！

　　所以，所有人（全人類）都是各種生物的「精」的後代，各種生物的遺傳，或多或少都還保留在每個人身上，這才形成人的性格行為那麼多樣化。而且，經過了

那麼多代，各種生物的遺傳混雜在一起，分不清楚誰是誰了──每一人都有極其複雜的性格，也就是這個緣故！

溫寶裕的思維向來海闊天空，這一番設想，堪稱精彩之極，也很令人信服。

對於人類起源，倪匡先生在不少故事中作出過不同的設想：在《頭髮》中，人類是被「天堂星」流放到地球的一批罪人；在《遊戲》中，七種外星人在地球上製造的超級爆炸改變了地球的環境，人類才有機會演化而成；在《解開密碼》中，人類成了來自「星際諾亞方舟」（也就是外星生物逃難的容器）中的非高級生物，只因原來的高級生物無法在地球生存才成就了人類！

而在「成精系列」中，先生又引用《聖經》的原文，將人類設想為各種生物成精後的後代，其設想大膽之極，也新穎之極，細讀細品之下，竟有腦中被新開一竅的奇妙感覺！

「成精系列」的最終曲《成精變人》，故事情節緊接着《真實幻境》，深入且細緻地描述了神鷹是如何一

步步由鷹變成人的過程。在故事中，衛斯理因為可以近距離觀察生命形式的改變而無比興奮，在故事外，讀者又何嘗不是隨着衛斯理的興奮而感到同樣的興奮？

畢竟，理論上知道生物可以通過「成精」這種生命形式改變的過程變成人，可是，當真的在現實中如此清楚地看到一個正在變形的生命，這種新鮮的感覺，無法不令人感到興奮。

雖然這種情形目前還只是故事中的現實，但誰知道在甚麼時候，就會變成現實中的現實呢？

人類的科技水平，發展得太快了！

「成精系列」三部曲中，《原形》是通過何可人的雞場，向讀者初步展示了非人生物可以通過某種力量轉變成人的可能性；《真實幻境》則進了一步，開始探索起生物變人的過程來，但還是處於一個很模糊的概念階段；到了《成精變人》，一切設想已經成熟，倪匡先生甚至還引入上帝造人的創世記傳說，將傳說具象化，詳細描寫出上帝（某一種外星人）造人的整個過程。雖然

有些細節還需推敲，但總體來說，這樣的設想，已是十分了不起！

在《成精變人》中，衛斯理數度進入幻境，以靈魂狀態目睹（無實體無法參與）妻子和女兒以及神鷹在成精變人過程中的各種互動。又是神遊，又是幻境，這種情形連衛斯理自己都感到完全無法捉摸，更別說讀者了，讀者除了要分清神遊和幻境，還要對小說人物「衛斯理」所經歷事件的真實性進行判斷與衡量，所費腦細胞需以百萬億計！

溫寶裕更是作出趣味評價：「除了賈寶玉先生神遊太虛幻境之外，就要數衛斯理先生神遊幻境了！」

然而，即使如此虛無縹緲的故事，在倪匡先生筆下，還是邏輯清晰且嚴密地被創作了出來，只要放慢閱讀速度，用心地一個字一個字地去看、去體會，就一定能發現「成精系列」的妙處所在。

其最精妙的地方，在故事中，借外星人亮聲先生之口娓娓道來：

事情很奇妙。宗教上對人的來源，和生物學對人的來源，本來是完全相反的說法，可是深入分析，卻可以達成一致：人由其他生物變化而成！這變化的過程，可以稱之為「進化」，也可以稱之為「成精」，都是同一回事！

而故事結尾的後記中，倪匡先生還摘錄了一段關於在生物的複製過程之中植入人類基因的新聞報道，將幻想（宗教）和現實事件（生物學）天衣無縫地糅合在一起。

原來神話不僅僅是神話，傳說也不僅僅是傳說。在現實中，科學家已經實現了這一壯舉，在一頭叫做「波利」的綿羊身上，植入了一組人類基因，使它的乳汁含有人類蛋白質，可供給血友病及骨質病人使用。

雖然這只是改變生命形式的一小步，但畢竟已跨了出去。從理論上來說，這種改變生命形式的方法，完全可以成立，逐步用人類的基因替代原來生物的基因，在細胞的發展成長過程中，生命形式必然由原來的生物轉變成人。說不定在某一天，人類真能做到上帝才能做到

的事呢？（真有那一天，也不知是好事還是壞事？）

　　每一個神話故事背後，其實都有着可供人無限遐想的廣闊天地。「成精系列」也許在故事性方面並不出眾，但是要論及設想之奇特以及思想性之深遠，在衛斯理故事中絕對首屈一指，稱為「神作」，當之無愧！

衛斯理故事三大系列（二）陰間來｜

如果「成精系列」可以用一個「幻」字概括的話，那麼，「陰間系列」則可用「奇」來形容。

「陰間系列」共有五個故事：《從陰間來》、《到陰間去》、《陰差陽錯》、《陰魂不散》、《許願》。還沒打開書，光看名字就已感覺到陰風陣陣、詭異莫名，似乎也預示着，這一次，衛斯理將帶領讀者進行一場恐怖刺激的陰間之旅。

大家準備好了嗎？

系列的前兩本書《從陰間來》和《到陰間去》，自開頭便拋出多重懸疑，令讀者瞬間入戲。

大美女李宣宣的神秘來歷、王大同醫生接到的恐怖電話、一起撞死五個人的惡性車禍……這一連串看似毫不相干的事件，打開了通往陰間的生死之門！

由於講述的是陰間的故事，所以故事中處處帶有死亡的陰影。從王大同出車禍撞死五個人開始（所有的屍

氣、惡靈，彷彿在那一剎聚集在一起），到回憶祖天開
當年被押赴刑場砍頭的往事（刑場上戾氣更甚）；從老
蔡去參加同鄉的喪禮（靈堂上自有一股陰森氣氛），到
祖天開和王老爺之間欲言又止的血淋淋的隱痛（死亡的
陰影又開始瀰散）；從王大同之死（切切實實的死亡），
到礦洞中蝙蝠大瘋狂導致的血肉模糊（私以為這一段描
寫是衛斯理故事中不可多得的極經典場面）；從通往地
底深處陰森恐怖的礦井（可以聯想到通往陰間或者冥司）
到祖天開的殺人兵器九環金刀（青森森帶着寒光的刀刃
代表了死亡），這些情節，無一不和死亡有關！

　　故事隨後的發展，簡直撲朔迷離，難以預料。等到
小郭、陳長青、黃堂這些衛斯理的老朋友相繼登場，李
宣宣的失蹤和王大同的死亡，就變成壓在眾人心頭的大
石，不知如何才能解開；而祖天開這個新角色，又引出
一段幾十年前的滅門慘案；通往陰間的地點，更是設定
在一個廢棄的煤礦深處（深入地下三百七十二公尺），
整個故事，由始至終都令人感受到來自陰間那種淒風慘

雨的恐怖氣氛。

（衛斯理故事中出現礦坑，已不是第一次。第一次的經歷，記述在《眼睛》這個故事中，那是我少年時的噩夢，至今仍心有餘悸。所以，一看到故事又和礦坑有關，心中不免發毛，突然又產生一種難以言喻的恐懼感。）

整個「陰間系列」分為兩大部份，前半部份以李宣宣的神秘來歷為引子揭開陰間的秘密，包括《從陰間來》、《到陰間去》；後半部份則寫曹普照一家滅門慘案的因果糾纏，包括《陰差陽錯》、《陰魂不散》、《許願》。兩個看似完全無關的部份，通過「陰間」這個關鍵詞連在一起，從而形成一個完整的「陰間系列」。

不過，這兩大部份區別極大。前半部份，情節詭異，故事節奏非常緊湊，懸念一個接着一個，簡直令人喘不過氣來；而後半部份，卻大大放緩了節奏，以六十多年前的滅門慘案作為主線，穿插各種題外話，來探討陰間究竟是怎樣一種存在。特別是《陰魂不散》和《許願》，情節散碎得厲害，只是用來作為前三個故事的補充和擴

展。可以說，「陰間系列」的前半部份，以故事取勝，後半部份，以設想見長。

「陰間系列」第三集——《陰差陽錯》的故事，發生在《從陰間來》和《到陰間去》之後不久，開頭花了近三分之一的篇幅，講述了一場「古酒大會」。這「古酒大會」雖然有趣，卻和整個故事情節的發展，關係不大，至多只能算是一個引子——引出曹金福這個人以及「陰風環」這件物品（已在為第四個故事《陰魂不散》作鋪墊）。用如此長的篇幅作引子，這樣的寫作手法究竟是好是壞，當然見仁見智，不過就我而言，卻並不討厭這樣的寫法。

前兩個故事中屢次提及的曹普照一家的滅門慘案，到《陰差陽錯》，終於有了分曉。祖天開在衛斯理與白素的逼問下，撕開傷口，拷問良心，回憶了這場血海深仇的詳細經過。在這場滅門血案中，祖天開充當了一個極不光彩的角色，導致他的餘生一直心有愧疚，害怕曹普照的後人前來報仇。但是福不是禍，是禍躲不過，躲了六十年，曹普照的孫子曹金福終於出現了！

　　曹金福自幼就被灌輸報仇的信念，已然深入骨髓，無法去除。這大個子個性淳樸，深受衛斯理的喜愛，衛斯理不忍看他因報仇之事毀了自己。祖天開是兇手，曹金福是苦主，兩人相見，必然「仇人見面分外眼紅」，然而形勢發展下去，兩人必然要見面，該如何替他們化解這場血海深仇？

　　（故事看到這裏，真替他們揪心！）

　　倪匡先生在故事中，以旁白的形式，將讀者心中的所想所感所思所問也逐一列舉了出來。

　　一、祖天開當年行兇，竟然一下子就害了他把兄一家超過三十條人命！

　　二、這三十條人命，是祖天開一個人下手的，還是別人也有份？

　　三、真是駭人聽聞之至，難怪事隔六十年，仇恨傳到了曹金福的身上，依然如此強烈！

　　四、難怪祖天開一聽到「苦主來了」，就自知那是死期到了！

五、曹金福要怎樣報仇呢？在現代社會，曹金福若是
　　把祖天開殺了，就算祖天開有死三十次的罪惡，
　　曹金福一樣是犯了殺人罪，難逃法律的制裁！

六、看曹金福的情形，這仇是非報不可的。大好青
　　年，難道要為了六十年前的往事，而身陷囹圄？

　　衛斯理與白素為此焦慮不已，他們的計劃是先阻止
曹金福和祖天開見面，把所有的事情弄清楚了，再商議
妥善的對付之法。

　　至於事情會有絕對意料不到的變化，當時，衛白二
人，是做夢也想不到的。

　　別說衛斯理和白素想不到，我也想不到（連衛白二
人都想不到，何況是我），倪匡先生竟用了一種令人完
全意想不到的方法，完美地解開了這個看起來完全無法
解開的死結，掩卷之餘對先生更添佩服。（至於是甚麼
方法，不能透露，不然便失去了閱讀原著小說的樂趣。）

　　化解血海深仇之後，故事戛然而止，然而解開了一
個懸念，卻又留下更多的難解之謎！

　　比如陰差的下落（其人姓陰名差，身份真的是陰間使者）、比如陰風環及盒子的下落、比如送盒怪人和盜盒老者的身份等等，都引領着讀者迅速進入到下一個故事中去！

　　《陰魂不散》這個故事，非常特別，它並不完全講述「陰間系列」的故事，反而在情節上緊接《禍根》，接了一陣之後，才轉到《陰差陽錯》上去，其中一些情節，甚至和《圈套》、《烈火女》都有聯繫。

　　雖然 《陰魂不散》是獨立的故事，但若沒看過上面提到的那些相關故事，讀起來總有些前因後果會變得不明不白，趣味性自然也會大減。所以，就算只是單獨看「陰間系列」，最好也把那些故事一起看，才能掌握整個系列全部的來龍去脈。

　　由於《陰魂不散》要串聯好幾個故事，所以情節的發展很是緩慢，先用第一章將《禍根》中所留下的一些小細節補充完畢，然後在第二、第三章引出白老大，並借他之口，發表了一通「地球要是死了，必然是死在地

球人的手裏」的奇談妙論，雖然很有趣，卻和「陰間系列」的故事情節關係不大，然後才進入正題，讓崔三娘、黃老四和花老五等主要人物陸續登場。

看完整本《陰魂不散》，會發現這個故事其實甚麼故事都沒有講，只是一堆碎片情節，起着承上啟下的串聯作用。結尾處，曹金福來找衛斯理且不慎砸破衛斯理的家門，這一情節，過渡得頗不自然，有強為第五集《許願》作鋪墊之嫌。

《許願》的節奏更慢，開頭甚至用了一千多字來和讀者閒聊「許願」這種常見的人類行為，趣則趣矣，但卻破壞了整個系列的節奏和精彩度。不過，曹普照一家的滅門慘案以一種極為戲劇化的角度得到了全新的詮釋，是整本書最精妙之處，雖不能完全彌補全書的慢節奏，卻也在一定程度上提升了故事的可讀性。（這精妙之處，同樣不可說破，必須看原著才有樂趣。）

縱觀整個系列，缺點不少，最大問題就是虎頭蛇尾，後勁不足。只看前兩個故事，會覺得超級精彩，只看後

三個故事，又會覺得略顯散亂，這也是我覺得「陰間系列」遜於「探險系列」的主要原因。

另外，故事中還有一些小瑕疵，比如小郭參與發掘李宣宣來歷之謎究竟是受何人委託？前兩個故事中屢屢提及，讓讀者很是好奇，但到後三個故事，倪匡先生竟似完全忘了這事，沒有任何交代；又比如陰差的下落究竟為何？最後也只是作了一個牽強的解釋（多半是死了），並不能完全令人信服。

不過，除去缺點，「陰間系列」的優點也不少，尤其是倪匡先生對「陰間」所作的種種設想，堪稱腦洞大開，極具啓發性。

傳統認知中的陰間，在故事中，變成了外星人收集、研究地球人靈魂的空間。這樣一來，恐怖氣氛大減，讀者也不必再為陰間感到驚恐，有的只是對未知的好奇與渴求。更有意思的是，傳說中的十八層地獄，在先生的設想中，成為不同外星人設置的多個不同的陰間（收集靈魂的空間），很匪夷所思，卻又完全說得通。

　　「陰間系列」還與其他衛斯理故事不同，其最特別的地方在於，衛斯理故事向來以第一人稱創作，故事的主角是「我」——衛斯理，然而，《從陰間來》、《到陰間去》以及《陰差陽錯》，卻是極少數的例外（這三個故事可以看作同一個故事的上下集以及前傳）——故事以第三人稱來創作。

　　沒有了熟悉的「我」，讀起來多少有些不太習慣，但也正如倪匡先生在序言中所說：用第幾人稱並不重要，重要的是小說本身好不好看。

　　平心而論，「陰間系列」實在是很好看的小說！

衛斯理故事三大系列（三）陰間去 |

　　倪匡先生高超的寫作能力，在「陰間系列」中得到了充份的展現。

　　《從陰間來》和《到陰間去》這兩個故事，採用了倒敘（先寫之後才發生的恐怖電話和撞車血案）、插敘（祖天開年輕時大鬧法場）、補敘（王大同使用許願鏡追查李宣宣的來歷）、正敘（陳長青踏着死蝙蝠屍體進入礦洞）等好幾種寫作手法，也使故事顯得熱鬧非凡，絕無冷場。

　　雖然這兩個故事，講述的是李宣宣的來歷以及許願鏡的故事，但倪匡先生已經開始為系列的下半部份，也就是曹普照一家的滅門慘案埋下伏筆，從字裏行間不時可以看到種種「預告」，令人對之後可能要講述的故事充滿好奇。

　　首先就是祖天開的出場，這個老管家和王大同的祖父，是如何結成了主僕關係的？王老爺只不過是一個商

人，祖天開卻是縱橫江湖，睥睨天下的大豪傑，又有一身武功，是一個性子極野的好漢，怎肯屈居人下，為人之僕？這期間，又有甚麼秘密在？

以祖天開這樣一個彪形大漢，為甚麼會去學寫只有閨閣女子寫的字體？其間一定也有一個極為動人的故事。

然而這些事，祖天開卻絕不對人說起，甚至連一點口風都不透露，衛斯理和他的朋友們一致認為，這其中，一定有着虧心事，所以祖天開才會害怕，才會不肯對人說。

這種只提出問題而不給答案的寫作手法，最是「可惡」！明知有一些精彩故事等着自己，但一時半會又看不到，實在令人心如蟻齧，大有撓不到癢處之苦，只盼作者「大發善心」，急讀者所急，趕緊將這些故事寫將出來，不然，等待的時間有多長，對作者的「恨意」就有多深。

這種「預告」手法，不僅在同一系列的不同故事中有所運用，甚至還擴展到不同的系列中。作為三大系列中的兩大，「陰間系列」和「探險系列」有着千絲萬縷

的關聯，不少人物和情節，貫穿兩個系列，倪匡先生在「陰間系列」中，通過李宣宣的真情流露，對「探險系列」也作了「廣告」。

對於大家都要發掘自己的秘密，李宣宣實在無言以對。她只能用一雙黑白分明的大眼睛，望定了白素，眼波盈盈之中，大有淒苦的神色，極惹人同情。

這種眼神，恰好觸動了白素內心深處的一樁極大的傷痛，這件傷痛的事，白素和衛斯理都將之埋在內心最深處，用鮮血凝成塊，封了起來。

可是無論怎麼不提起，想全部忘記，那也是不可能的事，所以當看到李宣宣的淒苦眼神時，白素的心頭，一陣絞痛，連太陽穴下的血管，都跳動得十分劇烈。

這裏所說的大傷痛，屬於「探險系列」的情節，那是另一組極精彩的系列故事，也是倪匡先生創意大爆發的一組傳奇故事，之後會有專文討論，此處不贅。

先生除了在故事中展現他高超的寫作手法，甚至在寫故事之餘，還有餘裕教讀者一些寫作技巧，堪稱藝高

人膽大的典型。在讀「陰間系列」中，就介紹了兩種說故事的法門。

> 敘述故事的法門之一，是任何故事，都不能平鋪直敘，一條線說下去，必須多方面鋪排，要有起伏，有跌宕。一到了會出現悶場的時候，就要另闢蹊徑。
>
> 像衛斯理和白素，在升降籠之中，要下降到二百七十二公尺的深處，過程單調沉悶，總不能老是說衛斯理在那時胡思亂想些甚麼，所以，倒不如看看祖天開和陳長青，準備如何對付那神秘漆器的好！
>
> 而敘述故事的法門之二是，轉過去說故事的另一些發展，這些發展，必須大是有趣，能吸引人，不然，看故事的，就不再看下去了！

本來，在緊張的故事中，突然岔開去，對讀者並不算是友善的做法，但是，先生這樣的寫法，卻一點也不讓人討厭，反而使故事變得張弛有度，更增添了故事的趣味性。

說起趣味性，「陰間系列」中，一些人物之間互動

的小細節也很有意思，給本來陰氣十足的故事帶來一絲暖意。

像小郭和陳長青的互相看不順眼，就是很好的例子。

倪匡先生先給出了結論：人和人之間的關係，十分奇怪，有的，一見如故；有的，不論有甚麼力量想把他們扯在一起，也都不會成功。像陳長青和小郭，就屬於後一種，毫無來由，都瞧着對方不順眼。

有了結論，再用事實來證明，這件事，說起來也頗為可笑。

小郭和陳長青，在那天，雖然是第一次見面，但是他們對對方，都已相當熟悉，本應一通姓名，就十分投契才是，因為他們都是衛斯理的朋友，在衛斯理那裏，知道了不少有關對方的事。

可是不知道是由於陰差陽錯，還是由於他們腦電波的頻率，全然無法配合，兩人在知道了對方是誰之後，都沒有第一時間伸出手來相握（這是正常情況下應該發生的情形）——這就錯過了只存在一秒鐘的一個機會，有

許多事情，錯過了這個機會之後，機會就再也不來了。

相當一段時間之後，衛斯理訝於兩人居然一直格格不入。陳長青道：「他為甚麼不先伸出來，他不伸手，自然我也不伸。看他油頭粉面的樣子，我就不順眼，要是我肯和他握手，也完全是看你的面子，還要我先伸手出去，談都不要談，哼！」

聽了陳長青的話，不拘小節，大而化之的衛斯理，只覺得好笑，可是陳長青卻十分認真。小郭儀容非凡，喜歡修飾，注意衣著，在陳長青這個不修邊幅，崇尚自然的人眼中，也就順理成章，變成了「油頭粉面」。

小郭怎麼說呢？小郭說：「這個人，簡直神經有問題，看起人來的時候，一點禮貌也沒有，雙眼發直，類同殭屍——而且還是一隻很髒的殭屍，要是他伸出手來，看在你的臉上，只好勉強和他握一下，他既然不伸手，那我是得其所哉！」

小郭和陳長青兩個人，熟悉衛斯理故事的人都知道，他們都是衛斯理的好朋友，也都是大有本事的奇人，居

然會做出如同孩童鬥氣般的行為來，實在令人發噱。

　　然而仔細想想，現實生活中，這樣的情形並不少見，於是會心一笑，對先生的這段描寫，有了更深一層的體會。

　　故事中還有一些小細節，生動地描繪了各種人物的性格。

　　當白素下了逐客令之後，祖天開與黃堂陸續離去，但是，陳長青不然，非但不走，還伸了個懶腰，說了一句話：「好了，全是自己人，說話也容易一些。」

　　陳長青仗着自己和衛斯理熟稔，竟然耍起這樣的手段來，令衛斯理不禁失笑，也令讀者不禁失笑。

　　反觀小郭，雖然離開衛府，卻耍了一個心眼。他先衝向門口，大聲道：「我不說委託人是誰，和整件事無關，並不是故意隱瞞甚麼！」

　　他說了之後，也走出了門。

　　看起來好像是氣憤地離去，其實另有所圖（在之後的故事中自然會揭曉）。

這樣的細節，很好地描繪了人物的性格，每個人有每個人不同的個性，陳長青有滑頭的一面，小郭也有老謀深算的一面，特點鮮明，極具辨識度。

倪匡先生還借着陳長青之口，描繪了一番衛斯理與白素的夫妻情深：

> 「我提心吊膽，每下落一尺，就擔心一分，不知道下面暗無天日的地底，會有甚麼妖魔鬼怪冒出來。誰知道看到了衛斯理和白素，他媽的，兩個人那種樣子，那種享受法，就像是江南仲春，鶯飛草長，春風拂面，柳絲纏足那樣，纏綿得要死，恩愛得要命，此情此景，不是親眼目睹，殺我的頭，也想像不出！」

在地底深處的礦坑中，陳長青一路擔驚受怕，而衛白夫婦卻相倚着喝酒聊天，兩者形成鮮明的對比，戲劇效果尤為強烈，讀來也異常生動有趣。

「陰間系列」的五個故事，時間線極長，從衛斯理的管家老蔡小時候看殺頭到陰差等三人對曹普照一家做出的滅門慘案，再到白老大與故人相會及曹金福的陰間

之旅，幾乎橫貫大半個世紀，在這大半個世紀中，無數的人物絡繹登場，又演出了無數的悲歡離合。

有些人物，開場便亮相，卻在不久後退場，比如陳長青、黃堂、王大同；有些人物，半路加入，偏又留到了最後，比如曹金福、溫寶裕、白老大；有些人物，貫穿所有故事，從未缺席，比如衛斯理、白素、祖天開；有些人物，開頭和結尾都在，但中間消失了一陣，比如小郭、李宣宣；有些人物，開頭和結尾都不在，只在中間出場片刻，比如齊白、羅開的怪朋友；還有最特殊的一位人物，一直被提到卻始終未露面，比如陰間主人。

五本書看完，關於陰間的故事也基本講完，可是，還是有一些和陰間有關的小情節時不時地出現，並穿插在以後的若干個故事中，直至衛斯理的最後一個故事《只限老友》，仍有提到和陰間相關的情節。

不過，在《只限老友》中，倪匡先生給讀者留下了一個永恆的懸念——陰間死了！

陰間到底出了甚麼事？故事沒有寫。衛斯理都離開

了地球，還管陰間作甚？這個懸念，可以看作倪匡先生留給讀者的考題，由得大家發揮想像力，對陰間作出無限的遐想。

陰間到底是怎樣一種存在，不同人可以有不同的設想，先生在「陰間系列」所作的設想，也僅僅是關於「陰間」的萬千設想之一，大家完全可以拋開一切思想枷鎖，天馬行空地去作任何設想，這也是「陰間系列」帶給讀者的最大啟迪。

即使已經無數次地讀過「陰間系列」的故事，但每一次重讀，我仍像第一次那樣，被曲折的故事、緊張的情節、奇妙的設定深深吸引，不知不覺又沉浸到衛斯理的世界中去……

衛斯理故事三大系列（四）拼圖│

不知道大家有沒有玩過拼圖，就是那種有幾千塊碎片，混雜在一起，需要玩家一片一片分揀出來，並將其還原成一整幅畫的遊戲。那是一種很考驗耐心和眼力的遊戲，費時費力，可是一旦完成，又很有成就感。

「探險系列」的故事就像拼圖一樣，所有的情節，全被打散，藏在一塊塊碎片中，只有找到全部碎片，才能還原出一個架構龐大的傳奇故事。而在尋找碎片的過程中，所得到的閱讀快感，遠遠超過那些普通的小說。

第一塊碎片，很久很久以前就已經出現了。當年一個不起眼的故事中，一句不經意的閒話，在二十年後竟引發了衛斯理冒險生涯中最精彩、也最複雜的一段傳奇。這在當時，完全意料不到──別說讀者意料不到，就連作者本人，也同樣意料不到。

這是真正的寫作上的偶得，寫作人遇上這種不受控制的情形不多，但一旦遇上了，大都欣喜若狂，因為這

種情形，可遇不可求，替寫作帶來無窮樂趣，所以讀者自然更可以得到閱讀的樂趣。

不知道倪匡先生是從何時起，意識到這句閒話可以衍生出一組龐大的系列故事，從而開始有意無意，在之後的故事中逐步加入一些角色，引入一些情節，為「探險系列」打下紮實的基礎。

（這句閒話究竟為何？在這裏絕對不能點破，一點破，故事的懸疑性立即消失，趣味也為之大減，這樣顯然對沒有看過「探險系列」的讀者不太公平，所以，想要知道的話，還是請看倪匡先生的原著小說。唯一可以告知的是，這句閒話出自《合成》這個故事。）

「探險系列」包括《探險》、《繼續探險》、《烈火女》、《禍根》四個故事，另外還有《拚命》、《圈套》、《大秘密》三個故事可以看作是「探險系列」的外傳或者餘波。

在我看來，「探險系列」最關鍵的佈局，應該始於《鬼混》。《鬼混》是小苗女藍絲初次登場亮相的故事，在一場蠱師大鬥法中，由於種種機緣巧合，她和溫寶裕兩情相

悅，成為一雙小情侶。

　　藍絲這塊拼圖相當重要，有了她，之後的故事才有可能進行下去。在《拚命》中，藍絲委託十二天官帶溫寶裕去苗疆「盤天梯」，只有通過這場考驗，溫寶裕才能征服苗人們的心，才有資格迎娶藍絲（藍絲是十二天官的養女，也是苗疆藍家峒的人）。從這時起，「探險系列」才算是揭開了面紗，所以，也可以說，整個系列，是由藍絲的出場而開始的。

　　「探險系列」的故事，主要圍繞着苗疆而展開，所以又可以稱作「苗疆系列」。苗疆這個地方，對絕大多數讀者來說，既神秘而又美麗，這輩子都不一定有機會去一次，甚至包括倪匡先生也未必去過，但他卻偏偏能將苗疆的景色描寫得極美麗！

> 天風蕩蕩，吹上身來，令人心曠神怡，極目看去，山
> 巒起伏，有的陷在一片雲海之中，只露出一個峰尖，
> 有的天色清朗，整座山峰呈現眼前，還可以看到山峰
> 下閃光的河水。

身歷其境，所得的感覺，和在熒光屏上所見，又大不相同，氣魄磅礴，無可比擬，顯得人渺小之極，在這樣的境地之中，如果忽然看到有幾個神仙，或御風，或駕雲，冉冉而來，一定不會驚奇，因為這裏本來就是神仙的境界！

——《拚命》

在苗疆的上空看日出，那是奇景中的奇景，朝霞漫天，映着一個一個山頭，各有不同的色彩，山峰和山峰之間，若是隔得近的，必然的彩霞繚繞，甚麼樣的顏色全有，像是無數色彩絢麗的絲帶，隨着山風，在緩緩飄蕩，而且色彩變幻，或由淡而濃，或由濃而淡，不可方物，看得人目迷五色。

——《烈火女》

看故事之餘，還能跟隨衛斯理的腳步，欣賞到可能這輩子都無法見到的美景，實在是一椿賞心樂事。

《拚命》的故事，主要討論地球人在被暴政屠殺時何以竟不奮起拚命，而只知四散奔逃，以為自己是逃得

過去的一個，但結果往往仍是死亡的獨特行為。這一主題和「探險系列」基本無關，所以，《拚命》不能算是系列中的故事，而只是系列的一個楔子，真正的「戲肉」，還在之後的故事中，但是，《拚命》卻自有其重要性。

《拚命》有兩條主線，開始時一直各自為政，直到情節的最後三分之一，因杜令的宇宙定位儀失蹤和溫寶裕尋找「第二個月亮」，兩條線才終於在苗疆匯合。這一匯合，引出了苗疆的一個女野人，這個女野人出場後，那可真是石破天驚，翻天覆地，衛斯理故事從此進入了一個全新的階段！

女野人紅綾的故事，是「探險系列」這幅拼圖中最大的關鍵。在後面的故事中，倪匡先生也多次提到紅綾，以彰顯她的重要性：

> 女野人紅綾有着離奇之極的身世，當真是離奇之極，抽絲剝繭地追查下去，結果令人瞠目結舌，絕不是任何人所能設想得到的。
>
> ——《拚命》

那個女野人，在怪物之中，也可以算是怪得可以的！不，也不是，女野人紅綾的關係太重大，要寫她，真得大費周章不可，要把許許多多、提也不願提的往事，全都挖出來——這些往事，由於實在太可怕了，有關人等，不但絕口不提，連想都不願想。

——《怪物》

紅綾這個人物一出現，我就說過，在她的身上，有絕意料不到的故事，其離奇之處，可能超過一切衛斯理故事。

——《探險》

可在當時，我並沒有意識到這一點。

衛斯理善作誇張語，這是大家都知道的，所以，無論他如何強調，我也不會真的認為女野人紅綾會比衛斯理之前的經歷更傳奇，至多不過是第二個鄭保雲（詳見《屍變》、《血統》），或者米倫太太（詳見《奇門》），直到看完整個系列後才發現，這一次，我簡直錯得離譜！

至於錯在哪裏，得等拼圖完成後才能知曉，所以，

讓我們來繼續尋找碎片，慢慢地將故事補全。

自從在苗疆發現了女野人紅綾後，白素對她大感興趣，甚至決定花上三個月到半年的時間，留在苗疆對紅綾進行「改造」。這個突然的決定令衛斯理感到非常不解，但又不知道白素的理由何在。夫妻倆圍繞着紅綾進行了一場大討論，討論本身並不重要，重要的是因此而引出了拼圖的另一塊大碎片——白素母親的秘密。

衛斯理和白素結婚多年，卻從未見過白素的母親，非但沒有見過，甚至連提都不曾聽任何人提起過，這當然是一種十分怪異的現象。衛斯理在認識白素不到三個月時，就曾問過她這個問題，沒想到白素的回答竟然是「我不知道，我不知道我媽媽是甚麼樣子的人，也不知道她現在在哪裏，怎麼樣，全不知道。」

真是離晒大譜！

白素不知道自己母親是誰，尚且情有可原，但白老大絕不會不知道自己妻子是誰，他不向自己的子女提起，自是大大不應該，但也可見他心中實有不得已的苦衷，這其

中還不知隱藏着多少悲歡離合，血淚交織的動人故事呢。

這些故事跨越了數十年的光陰，想要把它們一一還原，自然不是易事。且看衛斯理與白素，如何在這如煙往事中尋找故事的碎片，拼湊出一幅波瀾壯闊的畫卷來。

第一塊小碎片：白老大喋血小書房

白素兄妹為了探尋母親的秘密，最直接的方法自然就是去問父親白老大。沒想到白老大始終不肯透露半點口風，還以跡近無賴的行為屢次推諉、食言，終於惹怒了兄妹倆，白老大無奈之下，祭起父親的權威，想強行使兄妹倆打消念頭，兄妹倆不甘受欺，硬逼白老大，白老大盛怒，突然之間，面色如血，內息入了岔道，情形危險之極。白素兄妹看到了這樣的情形，當真是心膽俱裂，齊聲大叫了一聲：「爹。」

隨着他們的這一叫，白老大雙臂回轉，「砰砰」兩聲響，重重兩掌，擊在自己的胸口。

接着，自他張大了的口中，發出了一下可怕之極的吼叫聲，隨着那一聲叫，一大口鮮血，狂噴而出，簡直

如同灑下了一蓬血雨。

　　噴了一口鮮血之後，他再是一聲大叫，第二口鮮血，又自噴出，小書房之中，到處是血跡斑斑，觸目驚心，至於極點。

　　在這種情況下，兄妹倆自然無法再逼問下去，但至少知道了自己的母親，在父親心中是一個無法言說的隱痛，拼圖總算有了一點點的進展。

　　接下來的一塊拼圖碎片，依舊落在白老大身上。

第二塊小碎片：殷大德遇劫險喪命

　　銀行家殷大德，發跡前是個販賣煙土的商人，在一次行商途中，殷大德的商隊遭遇一群敗兵打劫，其中一個上校團長特別兇殘，在殷大德的面前，用盡了殘酷無比的方法（比如將活人的雙手雙腳放在滾水中煮熟），處死了商隊中三個被綁在樹上的夥伴，目的就是要殷大德說出貨物所藏的地方來。

　　殷大德自知說與不說都是死路一條，咬緊牙關一聲不吭，於是，被士兵用鋒利的剃刀，在頭皮之上，自前

額到後頸，劃出了一道血痕來。頭上的皮膚，本來是繃緊着的，被刀劃開之後，自然而然，裂口處向上翻捲，鮮血淋漓，順着頭臉，流了下來。

殷大德閉目等死，沒想到就在此時，山角一邊，轉出了一小隊人來，當前一人，步履穩健，身形高大，氣勢懾人，雙目有神，才一轉過山角，就看到了眼前的情景：一隊窮兇極惡的敗兵，三個已不成人形的死人，和一個還活着，被綁在樹上，血流披面的人。

那為首的一看，就知道發生了甚麼事，所以舌綻春雷，陡然大喝一聲：「住手！」

這大喝一聲的人，就是苗疆的陽光土司，但令人驚訝的是，陽光土司，竟是白老大的另一個身份！

白老大竟會是甚麼陽光土司，真是匪夷所思。然而，衛斯理故事不正是從各種匪夷所思的情節中，發掘出真相的麼。

白老大，正是貫穿整幅畫卷的關鍵人物！

衛斯理故事三大系列（五）碎片｜

「探險系列」的故事，牽涉極廣，又複雜又神秘，風格也很獨特，隨着故事的發展，直教人嘗盡無數悲歡離合，看遍幾許兒女情長。

自從知曉了陽光土司就是白老大之後，故事的重心終於開始轉移到苗疆。

第三塊小碎片：烈火女焚身顯神跡

一個偶然的機會，白素兄妹認識了殷大德，聽他講述白老大的一段往事，往事中提到了苗疆的保保人。

保保人有他們崇拜的圖騰，稱作「烈火女」。他們每三年會舉行一次盛會，在盛會上產生一位新的烈火女。烈火女，是保保人精神凝聚的中心，地位接近神。

在交替儀式中，舊的烈火女手持火把，來到了一堆乾柴之前，用火把點燃了柴堆，然後，她就從容地跨進去，用傳統規定的姿勢，坐在烈火之上。

在這之前，所有參加聚會的十五歲少女，都排列整

齊，圍着那個火堆，因為新的烈火女，將在她們之中產生。

當火堆中的舊烈火女臨死之前（只不過十八歲，實在可憐），她會伸手，向任何一個方向一指——相信那是她生命結束之前最後的一個動作。而隨着她這一指，在她指的那個方向，必然有一個少女，身上會冒起一蓬烈火來。

那蓬火光只是一閃，可是所有的人，卻又人人可見。火光在閃起的時候，會把那個少女的身子，完全包沒，但是一閃即滅，那少女全身上下，卻絲毫不受火傷，而那是儀式的最高潮——新的烈火女產生了，歡呼聲可以把山崖完全震塌。

倮倮人，那是一個以「落後、野蠻、神秘」著稱的少數民族，主要分佈在湘西、雲貴一帶。由於倮倮人在「探險系列」中佔了很重要的地位，所以我特地上網查了一下他們的資料，沒想到真有這樣一個少數民族，並非倪匡先生虛構，但是，關於「烈火女」，我卻沒有查

到任何資料，看來，這才是屬於「小說家言」的部份。

保保人當年因躲避戰亂，一部份族人從中國散枝去了越南，如今，越南的保保人仍是沿用原族名，而在國內的族人，已改名為彝族。這其中頗有些與歷史、文化、政治相關的故事，作為衛斯理故事的衍伸閱讀，也頗有趣味，有興趣的朋友可以自行搜索來看。

第四塊小碎片：韓夫人厚禮求相助

當白素在探尋母親秘密的過程中，陷入瓶頸的時候，突然出現了一位韓夫人。她聽聞衛斯理與蠱苗族長猛哥相熟，特來懇請衛斯理相陪，入苗疆尋找她失蹤多年的姐姐。

倪匡先生對於韓夫人在求助衛斯理時，帶去的禮物——一願神蠱，有極詳盡的描述，這也是引出另一位重要人物的關鍵物品。

先映入衛斯理眼簾的，是一隻銅盒。那盒子十分淺，看來是整塊白銅挖成的，只有一個火柴盒大小的凹槽，裏面襯着一小幅有一種灰色光澤的不知是甚麼的皮，有

着十分細密的短毛，而在那塊皮上，是一隻翠綠得鮮嫩欲滴，綠得發光發亮的甲蟲。

那甲蟲不過大拇指大小，形狀扁平，有寬而扁的觸鬚，也是翠綠色的，不知道有甚麼用，但想來必然和蠱術有關。

韓夫人解釋：「這東西，是我姐姐還沒有失蹤之前，叫人帶到成都來給我的，那時我才五歲，總希望有古怪有趣的生日禮。我姐姐知道我有這心願，所以她說，這算是賀禮，這玩意是來自苗疆的一種蠱苗，十分珍罕，有了這個蟲，如果有甚麼事要求蠱苗，一取出來，求甚麼都可以達到目的。」

這樣珍貴的寶物，送給衛斯理，只為求得衛斯理相陪入苗疆尋姐，可見在韓夫人心中，她的姐姐是多麼的重要。

韓夫人的姐姐，也是整個系列中非常重要的一塊拼圖，她送給妹妹的一願神蟲，後來才知道，竟又和白老大有關，這其中有甚麼恩怨糾纏，目前還不得為知，或

者還需更多碎片，方能窺知一二。

第五塊小碎片：白老大獨闖哥老會

又是一塊和白老大有關的碎片，也是一塊非常重要的碎片，有了這塊碎片，一些情節就能串聯在一起了。

白老大胸懷大志，想要聯合全中國的幫會，做一番大事業，自然，這總幫主之位，非己莫屬。在獨闖哥老會總壇時，因一言不合，乃大打出手。白老大力戰群雄毫無懼色，竟叫他連續打敗了哥老會的六位高手！

最後他硬受大麻子三掌，五臟六腑幾乎一起震碎，卻還能長笑着離開，實在非常人能及。

這一段情節，酣暢淋漓，一氣呵成，簡直就是武俠小說的創作典範。

在大麻子的回憶中，白老大猶如天神一般，一個人連下六場，將哥老會的六大高手，打得潰不成軍。而且，白老大心高氣傲，得勢不饒人，言語間傲慢之極，使得哥老會中，人人眼裏都要噴出火來。

在這種情形下，想要全身而退，闖出哥老會總壇，

自是比登天還難，白老大是伶俐人，用話逼住了眾人，只要再接大麻子三掌，哥老會眾人就得放他離去。

大麻子紅砂掌黑砂掌雙練，掌中功夫超人一等，他的一掌擊出，大有石破天驚之勢。

白老大硬捱了第一掌，卻仍是若無其事，看得眾人目瞪口呆，但其實，白老大是在硬撐，他當時就感到一陣劇痛，迅疾無比，傳遍全身，宛若千百塊紅炭，在體內爆散開來一般。

當下，白老大眼前還在發黑，根本甚麼也看不到，但是他努力使自己現出一個十分暢快的笑容，而且緩緩點着頭，說了一聲：「好。」

最吃驚的，自然是大麻子，他怔了一怔，手掌一翻，悶哼了一聲，連他一向的規矩，接掌之前，必然提醒對方也忘記了，第二掌擊出，逕自擊向白老大的右胸。

右胸算是人身的要害了，那是肺門的所在，比起胸腹之間的軟肉部份，自然嚴重得多。

白老大在這時，總算勉強可以看到眼前的情景了，

他看到大麻子的手掌，向自己的右胸拍來，他屏住了氣，臉上仍然帶着笑容——他再托大，這時也不敢出聲，因為他知道對方的掌力厲害，一開聲，這口氣屏不住的話，非命喪當場不可。他這裏才屏住了氣，大麻子的一掌，已經拍了上來，「叭」地一聲響，和剛才的蓬然巨饗，又自不同，如兩塊鐵板互擊。

大麻子立時抽掌後退，白老大身形仍是紋絲不動，也一樣面帶笑容，但眾人也都看出白老大已是身受內傷。

等第三掌擊出，大麻子怕白老大中掌之後摔倒，壞了他的英雄形象（已然產生英雄相惜之意），所以立時伸手，準備去扶他，可是白老大雖然天旋地轉，情形比中了第二掌之後更糟，五臟六俯，都在翻騰，但是一感到有人欺近身來，自然而然一翻手，五指已扣住了大麻子的手腕。

不過，白老大在一扣住了對方的脈門之後，腦中清明，知道這時，自己一點力道也發不出來，扣了也是白扣，反倒會洩了自己的底。所以，他五指才一緊，立時

又鬆了開來，強忍住了氣血翻湧，雙手抱拳，身子轉動，作了一個四方揖，朗聲道：「後會有期，白某人暫且告辭了。」

這時，袍哥大爺之中，頗有幾個，還想把白老大攔下來的，可是他們還沒有言語行動，大麻子已經喝道：「他下江漢子尚且言出如山，我們能說了不算嗎？」

他一面叫着，一面傍着白老大，大踏步走了出去。

白老大總算有驚無險地離開了哥老會總壇，但是，在這場拚鬥中的許多細節，都神推鬼差地和日後發生的事，產生了重要的聯繫，而在當時，沒有人會注意到，也沒有人知道這些被忽略的細節，會導致那麼嚴重的後果。

有些細節，根本是無心的，甚至是不受控制的，可是卻偏偏變成了無法解釋的大誤會，形成了延續幾十年的可怕悲劇。

然而，對讀者來說，感受卻和白老大並不一致。若非有這些悲劇的發生，大家也就不會看到「探險系列」的精彩故事了。

第六塊小碎片：江岸邊美人救英雄

　　這塊碎片緊接上一塊，白老大硬接大麻子三掌，表面上看來若無其事，但其實已受了極大的內傷，他強忍着離開哥老會總壇，硬是走了兩里地，來到金沙江邊，才終於支撐不住，一頭栽倒在江水中。

　　這時候，江岸邊出現了一位美人。

　　（故事總是這樣，不是英雄救美人，就是美人救英雄。）

　　依舊是大麻子的回憶。

　　當白老大挨了大麻子三掌並離去之後，大麻子放心不下，暗中跟隨白老大而至。

　　只見白老大挺立在江邊，望着滔滔的江水，也不知道在想些甚麼，離白老大不遠處，另外有一個人在，那人也站在江邊注視江水，一頭青絲，給江風吹了起來，散散地披拂，竟是一個女子，披着一件紫色的斗篷，看來如同水中仙子一般。

　　大麻子認得那女子，那是陳督軍府上的大小姐。大

小姐看到了白老大，怔了怔，剛想說話，沒想到白老大正在此時傷勢發作，一張口，噴出了一大口鮮血來，身又向前一俯，一頭栽進了江中。

大麻子立時一躍向前，但一把沒將白老大抓住，倒是大小姐先出手，抓住了白老大背後的衣服，提起他上半身來。

大麻子感嘆於大小姐的氣力，畢竟女子習武，先天體力就不足，走的都是輕盈靈巧的路子，沒想到大小姐竟然能毫不費力地就把足有兩百斤重的白老大托上托下，實在難以想像。

這時，大小姐自然也見到了大麻子，她接過大麻子遞來的獨門傷藥，便帶着白老大揚長而去。大麻子本想叫住大小姐，但轉念一想，知道大小姐必然懂得這傷藥如何用法，也就由得她去了。

那這傷藥究竟如何用法呢？說來也是一片旖旎風光，要把傷者赤身露體，放在一隻大木桶之中，用極熱的水，浸上一個時辰。白老大後來傷好得快，自然是方法用對

了，至於青年男女獨處一室，又是裸裎相對，會發生些甚麼，也不必明說了。

故事看到這裏，拼圖的中心部份已漸漸成形，但還有很多細節缺失不詳。比如這位大小姐究竟是誰？陳督軍又是甚麼來頭？白老大和大小姐是甚麼關係？為何白老大從來不提自己的妻子？白素兄妹又是如何失去自己的母親？這些疑問，還需要衛斯理和白素繼續努力探尋。

在探尋的過程中，不斷有新的碎片被找到，在故事中起着或大或小的作用，像陳督軍被打翻天印、邊花兒勇救二小姐、起色心老九斷右腕、尋情郎娘子入苗疆等等。

這許多熱鬧情節，時間線極長，忽而過去，忽而現在，忽而過去的過去，整個系列人物繁多詭譎多變、波瀾壯闊可歌可泣、草蛇灰線伏脈千里、時空交錯非常獨特，在衛斯理故事中，堪稱第一！

衛斯理故事三大系列（六）探險 |

在「探險系列」中，倪匡先生不止一次提到，衛斯理和白素有一個大傷痛藏在心底，但卻不透露哪怕只是一點點的線索，真叫人想猜也無從猜起。

那件大事，發生在衛斯理和白素的身上，令得他們悲痛莫名，真正達到了痛不欲生的地步，而且幾乎發瘋。

（真奇怪，從來沒有在哪一個衛斯理故事中，發現衛白二人有要發瘋的跡象。）

衛斯理的解釋是：由於事情實在太令人悲痛，屬於想也不願再去想，在主觀願望上只當它沒有發生過，叫人產生鴕鳥式心理，所以一直沒有在任何情形之下提起過。

既然一直不願提起，那現在為何又要提起呢？自然是事情有了新的進展，有了解決的可能，自然也就不必藏在心底了。

衛斯理與白素身上的大隱痛，是「探險系列」中最大的謎題，它的謎底，絕對令人意想不到，所以，絕不

能在故事還在進行中就揭開，只能留到最後，這樣才能達到最佳效果，使讀者得到最大的閱讀樂趣。

因此，倪匡先生在「探險系列」的開始，只略微提了一下，令讀者知道有這樣一個大傷痛的存在，就不再展開，轉而記述起白素努力探尋母親秘密的過程來。

白素用了很多年的時間，獲得了很多資料，無論是重要的資訊，還是無關的花絮，都可以衍生出一段動人的故事來。

《探險》之後，是《繼續探險》，繼續到一半，白素母親的身份終於揭曉，簡直匪夷所思之極，若不是把拼圖拼在一起，只怕每一塊碎片的當事人，都根本不知道整件事情竟會是這樣一種結果。

正當讀者沉浸於白素母親的悠悠往事中時，倪匡先生筆鋒一轉，故事突然又從幾十年前回到了現在，回到了衛斯理與白素的大傷痛。

就當衛斯理以為那麼多年來，他已經將這個大傷痛徹底忘記時，這傷痛突然穿破了一切封藏它的力量，無

比鮮活地飛舞而出！

　　白素先是望着衛斯理，接下來，她突然明白了，她撲了過來，緊緊地抱住衛斯理。而且，她的身子也在劇烈地發顫，他們都想起了當年發生的那件可怕之極的事情！

　　緊接着，衛斯理（白素也是一樣）只覺得頭頂之上，響起了一下難以形容的巨響，而這下巨響，在感覺上，是由一下千百噸份量的重擊，擊向頭頂而產生的。陡然之間，衛斯理只感到整個頭，也許是整個人，都在那一下巨響聲中，碎裂成為千萬億片，把埋藏在記憶最深處，塵封了許久，以為再也不能見天日的悲慘記憶，重又飛舞而出，一點也沒有因為封藏了那麼久，而減少痛苦。

　　這情形，就像是遠古的怪物，被封埋在地底的深處，忽然由於非常的變故，山崩地裂，怪物又得以咆哮怒吼而出一樣，勢子的猛惡，比當年怪物在地面之上肆虐之際，還要強烈了不知多少倍。

　　原振俠醫生曾分析衛斯理對於那段痛苦的經歷的處理過程，是強用自己的意志力，先是不去想，再是努力

把它忘掉，結果，真的能人所不能，把這段苦痛的記憶，在自己的記憶系統之中消除了。

當然，原醫生錯了。

這段痛苦的記憶，並沒有消失，只是在自欺式的連「想也不想去想」的情形下，被深深地埋藏了起來——它還在，完完整整地在，只是被埋藏了起來。

讀到這裏，我的身子也突然開始發顫起來，心中不住地想着：來了來了，終於要來了！

不過，我不是痛苦的發顫，而是激動的發顫。在「探險系列」中，倪匡先生不止一次提到的衛斯理和白素的大傷痛，終於到了要揭曉的時候，憋了很久的好奇心終於能得到滿足，豈能不緊張激動到身子發顫？

實在沒有想到，謎底竟會是這樣的！

（還是恕我不能點破，直接看小說而得到謎底，那才真正樂趣無窮。）

我不得不暫時放下手中的書，大口喘着氣。真的，看小說能讓人沉浸其中，並隨着書中人物的喜怒哀樂一

起跟着情緒波動，這不是誇張，而是真實存在的情形。像這時，我就被衛斯理和白素的情緒強烈影響到，頭頂之上也像是響起了一下巨響，眼淚忍不住隨之流下，不得不停下來，花一點時間將自己的心緒平復，才能繼續讀下去。

心緒平復後的第一個感受就是：太精彩了！這故事簡直精彩極了！

能從二十年前的一句閒話，衍生出這樣一個龐大的系列故事，而且天衣無縫，巧妙之極，真是讓人佩服萬分。

也許是因為心緒太過激動，我每次看到這裏，總無法集中精神逐字逐句去細嚼慢嚥，導致對這段情節只有情緒上的感受而缺少細節上的記憶，每次重讀，都像在看新的故事一樣。

這個猶如拼圖般的系列故事，最大的兩個謎題：白素母親的秘密和衛斯理白素的大傷痛，在《探險》和《繼續探險》中已然拼完，剩下的碎片，比如藍絲的身世之謎、烈火女的秘密、大小姐和二小姐的下落等等，將會

在「探險系列」的其他故事中補完。等到整幅拼圖完成，真不知會波瀾壯闊到何等地步！

第七塊小碎片：天官門避禍入苗疆

天官門的故事，屬於「探險系列」的背景和花絮，故事很精彩，卻相對獨立，和主線的關係並不算太密切。

在大時代的劇變中，老十二天官（十二天官的師父）被軍隊追剿，躲進了苗疆藍家峒。他們憑藉超卓的武藝，再加上十二個人行動一致，始終一條心，所以才能在千軍萬馬的追剿之中逃出來，才能在嚴酷之極，格殺勿論的如山軍令之下，得保餘生，甚至還用計俘虜了當時追剿他們的軍隊指揮官鐵蛋大將軍。

這段精彩故事，在《大秘密》這個故事中，有着詳細的記述。

第八塊小碎片：一失足朝霞變腐葉

藍絲的身世之謎，在這塊小碎片中，得到了解答。同樣令人意想不到，也同樣令人感慨萬分。

一雙青年男女，相處久了，便容易生出情意。如果是兩情相悅，那就美麗，一如群山之上的朝霞。但如果一方面是冰清玉潔，另一方卻起了歹意，弱女難敵強男，那就醜惡，一如山谷底的千年腐葉。

藍絲父母的故事，很難一言以蔽之，他們之間的關係，究竟是朝霞還是腐葉，相信在看完《烈火女》這個故事後，大家都會有自己的答案。

正如白老大所說：人生歷程一如探險，前路全不可測，甚麼樣的變化，都會發生！

第九塊小碎片：冒奇險金鳳闖神洞

蠱苗族長猛哥向衛斯理講述了一段往事，他的姑姑金鳳，在少女時期為了探尋傈傈族烈火女的秘密，硬是扮成傈傈人，讓自己成為烈火女，並在山洞中遇見了神仙。

別以為這是岔開去的故事，金鳳遇見的神仙，在「探險系列」中也有着極其重要的地位，這神仙，和白老大，和女野人，和大小姐，和哥老會的鐵頭娘子及大滿老九，

甚至和苗疆的兩頭銀猿，都有着千絲萬縷的關係。

神仙想渡金鳳上天，金鳳自然害怕，出逃時遇上泥石流，幾乎喪命，幸得路過的白老大相救，結果可想而知，金鳳愛上了白老大，並送給他一願神蟲留作紀念。（這一願神蟲，和之前的碎片有了交集，可以拼起來。）

發現「探險系列」的故事發展下去，竟可以作無限制的延伸，似乎每個人都有秘密，每個人都可以成為主角，每個人身上都有一段動人的往事。

第十塊小碎片：殺銀猿誤判鐵天音

來到《禍根》這個故事，「探險系列」終於接近尾聲。一切該出現的人物都出現了，一切需要探尋的事件也都水落石出。

最後一塊小拼圖，揭開了鐵蛋大將軍的兒子鐵天音的秘密。秘密被揭開的過程絕不令人愉快，女野人的兩頭銀猿，竟然被鐵天音槍殺？這究竟是怎麼回事？看下去，會很感慨，感慨來自於人性的複雜。

系列的最後，自然是大團圓結局，雖然這團圓並不

算完美，但世上又哪來的完美呢？

　　「探險系列」的故事，牽涉極廣，必須按順序一個一個故事看下去，方能窺知全貌。我當年曾在舊書攤上淘到一本《烈火女》，不知它是系列中的一本，看完後只覺沒頭沒尾，雲裏霧裏，直埋怨故事不好看。如今回想起，也覺得可笑，竟妄想從單獨的幾塊碎片中，看出一幅精美的畫，只能怪自己不知天高地厚。

　　人類歷史上，必然會記載從公元一九四八年起，到一九五一年止的這三年之中，在那片土地上所發生的天翻地覆的大變化。那確然是天翻地覆的巨變——因為一切都反轉來了，正和反，黑和白，完全徹底地顛倒了。

　　在這樣巨大的時代劇變之中，必然有許多人由於不適應變化，或是在變化中的失敗者，或是看透了變化之後決不會有甚麼好結果的人，離開了原來的土地，流落在海外，聚居在海外，等候機會，或乾脆下定了決心，就在海外落地生根，雖然心懷故國，但也不準備再踏上故土了。

這許多許多人，有着各種各樣的身份，有富商巨賈，挾鉅資而行的，也有達官貴人將軍元帥，本來聲勢赫赫，指揮百萬雄師的，這時能保得一個完整的家庭，已經不錯了。也有超卓的知識分子和藝術家，也有十分普通的小人物，有各種各樣的工藝巧匠，也有形形色色的作奸犯科之士。更有豪氣干雲的幫會人物，像白老大就是其中的代表人物，也有在各方面都大有成就的科學家，還有更多的，是身份十分稀罕，難以分類的人物——在「探險系列」之中，就很有一些這樣人物的出現。

時代的動亂，自然會有不少動人的故事，「探險系列」，也可以說是無數悲歡離合，血淚交織的故事之一。

白老大這個代表人物，在時代的變化中，斷了想聯合所有的幫會，由自己做總幫主的念想，從此遠走海外，成為閒雲野鶴。但誰又能想到，這份心灰意冷中，還有一個特定的女人的影子。

一切的故事，都圍繞着白老大這個核心而起，由民國到內戰到現代，少女大小姐、青年白老大、中年衛斯

理，諸般人物顛來倒去輪番上場，千餘塊碎片自迷霧中逐漸顯露，終於拼湊出一幅令人感慨萬分的人間百態圖。

都說往事如煙，但其實往事並不如煙！

衛斯理故事十大名場面（一）蝙蝠災變｜

　　衛斯理故事一百四十五個，數十年來不知重讀過多少遍，有一些情節緊張曲折的故事，印象尤深，看過一次便不會再忘，比如《老貓》、《頭髮》、《尋夢》等；但也有一些平淡無奇的故事，無論看多少遍都未能記住，比如《將來》、《解脫》、《一半一半》等。（或許有讀者不同意，這沒關係，衛斯理精神之一，就是各抒己見，不必強求意見統一。）

　　在這些無論精彩或是平淡的故事中，總有一些名場面是難以忘懷的（故事容易忘，經典場面難忘），在我有了意念想寫這樣一組文章後，那些經典的場景便自動我從記憶中一個一個跳將出來，大聲呼喚着：「選我！選我！」

　　這真讓我感到為難了，那麼多經典場面，如何挑選？思來想去，決定選其中十個我最喜歡的名場面，來與大家分享。

　　排名不分前後，先想到哪個就寫哪個。

第一回

陳長青徒步入礦洞　死蝙蝠血肉成泥漿

不一會，離礦洞口只有三十多公尺時，星月微光之下，他看到了大批死蝙蝠，在地上疊起了好幾十公分高，情景駭人之極！

見到了這種情景，任何人都免不了頭皮發炸，尤其陳長青要向前去的話，必須踏着那厚厚的一層死蝙蝠向前去，他猶豫了一會，慢慢伸出了腳，輕輕一腳踏了下去——一腳踏出，問題還不是很大。可是當他又提起另一隻腳來的時候，體重就集中在先前跨出去的那一隻腳上，當時就聽得「滋」地一聲響，腳下一軟，血和肉和皮，糊成了一團，不知有多少隻蝙蝠，在他的腳下，成了肉醬。

陳長青不由自主，發出了一下怪叫聲，再也提不起勇氣向前去，疾退了開來，他甚至沒有勇氣去看那隻沾滿了血肉的鞋子，只是站在那裏發怔，身子在不由自主發着抖。

他望着礦洞，雖然不是很遠，可是卻像是天塹難渡一樣，他想了許多辦法，好像都不實用。

他呆了約有三分鐘，才陡地一咬牙，下定了決心。

促使他下了決心的是，他想到了衛斯理必然在礦洞之中，小郭也必然在礦洞之中，他們可以通過這道障礙，自己也應該可以通得過去！

若是自己竟然受阻在礦洞之外，那就證明了是膿包！

若是就這樣，便不敢向前去，那麼，也就難怪衛斯理把秘密和小郭分享，不和他共同冒險！

……

他一咬牙，心中想：衛斯理倒也罷了，我可絕不能輸給了那油頭粉面，大不了當自己是在厚厚的爛泥層上行走，反正只是令人噁心，死蝙蝠又不會有甚麼危險！

這一豁了出去，橫了心大踏步前進，雖然每一步下去，都有「撲赤」、「撲赤」的聲音，也都有鮮血濺起來，但是他咬緊牙關，竟然讓他進了礦洞。

進了礦洞之後，他的災難非但沒有結束，而且簡直是

才開始：因為在洞口，地上厚厚的一層死蝙蝠，全是大蝙蝠，而在礦洞之中，地上厚厚的一層，全是肉紅色的小蝙蝠，在電筒的光芒之下，更是怵目驚心，叫陳長青呆在當地，全身發抖。

這時候，要不是他發現了有兩道「出路」的話，他一定會像是被魔法定住了一樣，說不定就此再也不能移動，變成了石像！

——《到陰間去》

我敢說，無論是誰，看完《到陰間去》這個故事，印象最深的，一定是陳長青踏着死蝙蝠屍體進入礦洞的這一段！

儘管《到陰間去》本身就是一個相當精彩的故事，但陳長青的壯舉依然脫穎而出，成為精彩中的精彩，甚至於《到陰間去》這個書名，也可以看作專門是用來描寫陳長青的。

衛斯理故事有一個特點，由於是連作小說，很多人物的性格特點，並非在一本書中形成，而是會在若干本

書中，一點一點地展現在讀者面前，陳長青就是一個很好的例子。

陳長青第一次登場亮相，是在《木炭》這個故事中。那時的陳長青，看起來就像是一個傻乎乎的搞笑角色：當他打電話給衛斯理時，並不好好說話，反而假裝變聲來讓衛斯理猜猜他是誰。這種兒童般的行為自然讓衛斯理哭笑不得，在表明不想和陳長青玩下去時，陳長青還振振有詞，作了一番自以為縝密的推理，弄得衛斯理無名火起。

不過，雖然衛斯理被陳長青弄得很生氣，但看在讀者眼中，卻只覺得陳長青這個人，滑稽又可笑，像個沒長大的孩子。

之後的故事中，又漸漸知道了陳長青諸多事跡，比如他有一項會「看」聲音的本領（《木炭》）、他有一棟祖上傳給他的古怪大屋子（《廢墟》）、他為了研究星相學而甘願在星相學大家孔振泉家為僕一年（《追龍》）、他為了勘破生命的奧秘居然放棄龐大的家產跟

隨西藏喇嘛上山學道從此不知所蹤（《生死鎖》）……

這樣的陳長青，血肉豐富了許多，全不是一開場所表現出來的傻傻的形象。他有趣、他執着、他灑脫，他之後從衛斯理故事中的退場，帶給讀者的是滿滿的遺憾、無窮的回味、不捨的留戀。

《到陰間去》的故事，雖然很晚才發表，但時間線卻發生在陳長青跟隨西藏喇嘛「上山學道」之前，所以，大家得以在多年以後，再一次感受到陳長青的個人魅力。這一次，陳長青的魅力，經過勇闖礦洞一役，絕對光芒四射，無人能比！

若是在故事中，只有陳長青一個人進入礦洞探險，對讀者而言，或許感受並不會太強烈（但肯定有感受），倪匡先生巧妙地運用了對比的手法，突出了陳長青的與眾不同。

先來簡單介紹一下《到陰間去》的故事梗概，《到陰間去》是《從陰間來》的續集故事，也是「陰間系列」的其中一篇，主要講述大美人李宣宣的神秘來歷以及許

願寶鏡的奇特功能。

　　故事中，李宣宣的丈夫王大同因精神受到極大困擾，導致發生嚴重車禍。撞死五名無辜者之外，自己也在幾天後傷重不治。李宣宣為了救回自己的丈夫，毅然到陰間去，想要索回丈夫的靈魂，而追查李宣宣來歷的衛斯理、小郭、陳長青等人，也陸續跟蹤李宣宣來到了這個可以通往陰間的礦洞。接下去，就到了我們要說的「戲肉」了。

　　由於種種機緣巧合，小郭是第一個到達礦洞的，他發現李宣宣已經下到地底深處三七二的礦坑處（也是去到陰間的一個中轉站），小郭快步跟上，也下到了地底深處，這個時候，還沒有發生蝙蝠災變。

　　第二個到達礦洞的，是衛斯理與白素，他們駕車到達洞口時，一切都還很平靜，但是，就當他們正要進入礦洞時，災變發生了。

　　那是由於衛白二人正要進入礦洞的時候，正是小郭在地底深處，被李宣宣帶往陰間的時候。在去往陰間的

過程中會發出足以令蝙蝠發狂的超聲波（原理不明，只要知道有這回事就行），使得礦洞中的蝙蝠與覓食歸來的蝙蝠發生大碰撞，成千上萬的蝙蝠，就像二戰時日本的神風自殺隊一樣，不僅相互之間猛烈衝撞，更是對着衛斯理的車子猛烈撞擊。每一隻撞向玻璃的蝙蝠，都發出了令人寒毛直豎的「拍」的一聲，接着，化為血肉模糊的一團，連骨帶皮帶肉，就黏乎乎地貼在玻璃上，暗紅色的血，順着玻璃向下淌，形成血腥的，詭異莫名的圖案。

衛斯理與白素被這種情形驚呆了，過了很久才回過神來，拚了命忍住恐懼感，駕車從蝙蝠屍體上駛過，直衝進礦洞去。

本來還是完整的蝙蝠屍體，被衛斯理開車一輾壓，成了血肉模糊的泥漿，這就苦了第三個到達礦坑的陳長青。

陳長青不幸，徒步而至。面對着這滿地的蝙蝠屍體、血肉模糊的漿液、瀰漫在空氣中濃烈的血腥味，真不知道他當時是怎樣一種心情。

　　沒有對比就沒有傷害，相對於小郭的平安無事，衛斯理白素的驚慌失措，陳長青面對的情形，是最糟糕也是最嚴峻的一種。

　　換作旁人（比如我），絕對絕對打了退堂鼓，哪怕再被人恥笑也顧不得，這等可怕的情形，沒有人願意面對！

　　但是，陳長青硬是面對了。非但面對，還大踏步地踩着厚厚的蝙蝠屍體走進了礦洞。在倪匡先生妙筆生花的文字下，我的腦中現出強烈的畫面感：黑漆漆的深邃礦洞令我恐懼，血肉模糊的蝙蝠屍體讓我心悸。更進一步，我甚至也感到空氣中真有濃稠的血腥味，腳底下真有踩踏蝙蝠屍體所發出的「撲赤」聲，在那一瞬間，說我宛如身歷其境也絕不為過。

　　我的天，故事看到這裏，我再也無法按捺心中滾滾而來的震駭，對陳長青起了極度的敬意。

　　連衛斯理也無法不佩服的人，我又如何能不佩服？從此，陳長青在我心中，再也不是那個傻乎乎的大頑童，他簡直就是神一般的存在！

衛斯理故事十大名場面（二）貓狗大戰 |

第二回

大黑貓利爪破狗腹　勇老布拚死擒強敵

我還是第一次聽到老布的吠叫聲，牠的吠叫聲如此之響亮，而且這樣突然，令得我嚇了一大跳，在我不知道是不是該制止住牠吠叫之際，牠的整個身子已經彈了起來，以極高的速度，向前撲去。

……

而也就在此際，只聽得大木箱中，一下貓叫，也撲出了一隻大黑貓來。

老布的動作快，那隻大黑貓的動作更快，以致我根本無法看清老布和大黑貓，交手的「第一招」是如何的情形。

但是，在貓叫和犬吠聲交雜中，第一個回合，顯然是老布吃了虧。

因為我看到大黑貓一個翻滾，向外滾了開去，老布的

背脊上已多了一道血痕，那大黑貓的貓爪是如此之銳利，一爪劃過，在老布粗糙的皮上，抓出了一道一吋來長，足有半吋深的抓痕。

可是老布卻像是全然未覺一樣，大黑貓才一滾開來，老布立時一個轉身，立即向前撲出，而且，張開口向貓就咬。老布的口是真正的血盆大口，我真有點奇怪何以老布的顎骨可以作近乎一百八十度的張開，大黑貓的利爪又抓出，可是老布的一口，已經咬了下去。

眼看那頭大黑貓，這次非吃虧不可了，我看，牠的一條腿，非被老布一口咬了下來不可，但是大黑貓就在那一剎那間，一個打滾，在老布的頭前，滾了過去，利爪過處，老布的臉上又着了一下重的，鮮血灑在牆上。

這一下，老布也似乎沉不住氣了，一揚前爪，「拍」地一聲，一爪擊在老貓的身上，擊得貓兒又打了一個滾，發出了一下極難聽的叫聲。

而老布雖然身上已有了兩處傷痕，牠的動作只有更

快，牠趁勢疾撲而上，黑貓正在翻滾，已被老布直撲了上去，黑貓翻過身來，貓爪向老布的腹際亂劃，只見老布的腹際，血如泉湧。

可是老布卻也在這時，咬住了黑貓的頭。

……

我急忙奔了過去，黑貓的頭全在老布的口中，頸在外面，我一把用力抓住了黑貓頸皮，老布立時鬆了口，我將那隻大黑貓，提了起來。

大黑貓再兇，頸際的皮被我緊緊抓住，牠的利爪，也抓不到我的身上，只見牠四爪箕張，銳利的貓爪，閃閃生光。

老布發出一陣低吠聲，居然又向前走了幾步，淌了一地血，才陡地倒了下來。

—— 《老貓》

都說貓和狗是天敵，但就算是天敵，也不過是小動物之間的爭鬥，要說有多大的破壞性，至多也就抓壞幾幅窗簾、劃傷幾張沙發罷了，從未想過有一天，一隻貓

和一隻狗之間的爭鬥，竟會如此驚心動魄，幾乎兩敗俱傷，壞了彼此性命。那簡直已不是貓狗大戰，而是兩個武林高手在殊死拚鬥了！

《老貓》這個故事，詭異莫名，就算在衛斯理故事中，它的詭異程度也足以排名前三。從故事的開頭，那種詭異氣氛已經開始瀰散。

那是一個悶熱的夜晚，李同因為樓上的吵聲，心情糟到極點，怎麼也睡不着。李同以為樓上在裝修，但裝修這種事也無可奈何，又不能讓別人不要裝修，只好強忍怒火，在心裏咒罵幾句算了。

但是樓上的吵聲持續了好幾個星期，每天晚上、早上，甚至假期的中午，都在不斷敲着釘子，李同實在忍不住，衝上樓去，準備和對方理論。

這種情形，放在現實生活中，再普遍也沒有。每個大廈，總有搬進搬出的住客，也總有裝修的人家，會做人的，挨家挨戶和鄰居打好招呼，甚至送點小禮物作為補償，就不會有甚麼糾紛；若是不會做人，少點公德心，

那小則爭吵，大則動手，也是司空見慣。

這樣的開頭，由於和大家的生活比較貼近，每個人多少都會有些代入感，雖然很普通，卻也算得吸引人，但若是就此發展下去，最多不過是一個普通的故事，而不會成為衛斯理故事。

就在李同敲開樓上住戶大門的那一刻，氣氛開始變了。

樓上的住戶是個老頭，不住地跟李同道歉，而且第二天就搬了家（看，這就開始變得有些奇怪了）。李同好奇心起，想去看看老頭到底每天都在敲甚麼，於是闖進空屋，結果，他看到了一副血淋淋的內臟！

氣氛急轉直下，變得詭異莫名。

倪匡先生不愧是講故事的能手，從一件普通的日常現象說起，照樣可以幻化成一個精彩的幻想故事。

警方如臨大敵，但是，卻發現那副內臟，只是一副貓的內臟。不涉及人命，警方自然不會多管，有新人警察認為不過是某個變態的無聊行為，當作聊天話題，在

同伴中散播開來，一來二去，傳到了衛斯理的耳中。

無論多普通的事情，只要到了衛斯理手上，必然就會發掘出一些驚人的秘密來。所以，衛斯理發現了張老頭養的那隻大黑貓。

那隻貓簡直不能稱作為貓，簡直就是一個黑色的幽靈。牠的身手極其迅猛，就連有着深厚中國武術造詣的衛斯理，都險些被牠撲中，最後不得不用椅子將牠砸進房間去，始終未能奈何得了牠。

大家一定猜到，之後的故事，就圍繞着這隻大黑貓而展開。

既然所有的秘密都在這隻大黑貓身上，衛斯理豈有不將牠逮到之理。但問題在於這隻大黑貓太狡猾太兇狠，單靠自己的力量，很難將牠捕獲（在一次單打獨鬥中，衛斯理的衣袖都被大黑貓抓破），於是便有了衛斯理故事最經典的一場貓狗大戰！

衛斯理借來了朋友的一條沙皮狗，牠的名字是老布。那是一條看似木訥遲鈍，但發起狠來卻能將人的手臂都

咬斷的了不起的狗。

老布和大黑貓的一場大戰，堪比古龍筆下葉孤城與西門吹雪的巔峰之戰。一貓一狗都有着絕對的高手風範，絕不輕易出手，但一出手，必然見血！

這段描寫，在多年之後，依然是我心目中衛斯理故事最精彩的一段描寫。

話說大黑貓畢竟有着不一樣的身份，老布縱使是地表最強狗，還是略遜了一籌。論武功，老布輸給了大黑貓，但論目的，老布卻又極好地完成衛斯理交給牠的任務，捕獲了大黑貓。

老布以腹部被大黑貓劃破，血流如注為代價，終於咬住大黑貓的脖頸，由衛斯理將貓活擒。

但接下去的發展，真讓人對衛斯理感到無語（雖然也不能怪衛斯理）。

衛斯理的如意算盤打得很好，先將大黑貓關進車子行李箱再作計較。但就在他用力將大黑貓扔進行李箱，並立刻將箱蓋合上的剎那之間，變故發生了。

　　我相信衛斯理一定已用了最快的速度，但還是比大黑貓慢了一點點。大黑貓一脫離衛斯理的掌控，立刻旋風般地從行李箱中竄出，箱蓋堪堪只壓住牠的尾巴。好個大黑貓，眼看着衛斯理即將開車將自己帶走，猛地一發狠，發出一聲尖銳之極，令衛斯理畢生難忘的慘叫聲，帶着一蓬鮮血，直竄了起來。

　　等衛斯理回頭再看時，只見車後窗的玻璃上滿是鮮血，大黑貓的尾巴，斷了大半截，斷尾仍然夾在行李箱蓋之下，但大黑貓卻已經自車身上，越過了圍住空地的木板，竄進了空地之中。

　　大黑貓逃走了！

　　老布受了重傷，而衛斯理還是沒有抓住大黑貓！

　　這對於衛斯理來說，是罕見的失敗。那隻大黑貓的形象，就此深深印在讀者的腦海中。還有老布，雖敗猶榮，也值得給牠頒發一枚勳章作為嘉獎。只有衛斯理，是徹頭徹尾的失敗者。

　　之後的故事，相比前半部，略顯遜色，自然是衛斯

理和大黑貓化敵為友，解開了秘密。而所有的高潮，都已隨着這場驚世駭俗的貓狗大戰，噴薄而出，成為後人津津樂道的傳奇事跡！

衛斯理故事十大名場面（三）雨夜墳場｜

第三回
冷雨夜墳場鬥怪物　穿破洞濃液化人形

就在我坐下之後不久，我覺得似乎有甚麼東西，跌在我的頭上，我抬頭向上看去，只看到小屋天花板上的白堊，正在紛紛下墮。

同時，在沙沙的雨聲之中，我也聽到了一種不應該屬於雨聲的怪聲，那種聲音越來越響，而小屋的整個天花板，似乎也在岌岌動搖。

我想奪門而出，看看究竟是怎麼一回事，但是我卻竟難以移動，我仍坐在椅子上，仰頭向上望着。天花板上的白堊，落得更急，突然之間，一大片石灰磚屑木片和碎瓦，跌了下來，天花板上已出現了一個大洞。

……

我看到有一種暗紅色的東西，正堵着那個洞。

那種暗紅色的東西是半透明的，看來像是一塊櫻桃軟

凍。但是那種紅色，卻帶有濃厚的血腥味，使人看了，不寒而慄。

我不知道那是甚麼東西，我只是突然大叫一聲，將手中的鐵枝，向上疾拋了出去。

拋出的鐵枝，從洞中穿過，射在那一大團堵住了大洞的暗紅色的東西上。我聽到一種如同粗糙的金屬摩擦也似的聲音，從上面傳了下來，那根鐵枝沒有再向下落下來。

……

然後，我看到一隻手，從洞中伸了下來！

那是一隻手，它有五指，有手腕，有手臂。它是暗紅色的，像櫻桃軟凍，那條手臂從洞中伸了下來，伸到了一個正常人的手臂應有的長度之後，停了一停。

然後，忽然之間，那條手臂像是蠟製的，而且突然遇到了熱力一樣，變軟了，變長了。

……

而當它「流」下來的時候，它也不再是一條手臂，而

只是向下「流」下的一股濃稠的，血色的紅色液體。

那股「液體」迅速地「流」到了地面。

在它的尖端觸及地面之際，又出現了五指，又成了一條手臂。

……

我毛髮直豎，汗水直流，口唇發乾，腦脹欲裂，我不等那隻手向我移來，就怪叫一聲，用盡了生平之力，猛地一腳，向那隻手踏了下去！

那一腳的力道十分大，我又聽到了一種如同金屬摩擦也似的聲音，來自屋頂。

同時，那條「手臂」，也迅速地向上縮了回去。

——《蜂雲》

最初的時候，衛斯理小說留給我的記憶並不是其中的科幻元素，反而是故事裏作為點綴的恐怖情節。這些情節，曾讓我長時間處於一種受故事影響，而在大腦中自己營造出來的、久久無法揮去的、深入骨髓的恐怖氣氛中。

那一年，我才讀初中一年級。第一次在學校附近的少

兒圖書館見到衛斯理小說，被那一批有着古怪書名的小說吸引了眼球，當時就隨機挑了一本借回家，沒想到那本隨手挑的《蜂雲》，竟讓我嚇得晚上不敢一個人上廁所！

現在重讀這些故事，自然已不會再被嚇到不敢上廁所，但是那種曾經的驚悚感覺，在每一次重讀時，還是會不時地在腦中隱隱作祟。

平心而論，《蜂雲》這個故事，總體上其實並不算特別恐怖，與其說是恐怖故事，不如說是懸疑故事更為貼切。

故事從衛斯理去朋友的郊外別墅散心開始，很快地，就出現了死者。這個死者死狀恐怖，除了面上肌肉作着不規則的扭曲和抖動，眼裏還放着青光，喉核更是如跳豆般跳動着。看他背上的傷痕，似乎是被一柄刃口十分窄，但是刀身十分長的尖刀所刺死的。

短短幾句話的描寫，頓時將讀者的情緒從悠閒狀態一下子進入到緊張中去。

兇手還在不斷地殺人，雖然警方已出動大量人手，

但兇手總有辦法，在警方的包圍圈中找到空隙，並陸續殺死了五名警員！

命案都是在警方嚴厲監控下發生的，兇手是誰？究竟是如何殺人的？這些謎題，是一部上佳的懸疑小說所必備的因素。

現場留給衛斯理的線索很少，只有幾根金色的體毛，兇手始終不露形跡，讀者也就被一步步帶入作者營造的那種迷霧般的氣氛中去。

有意思的是，在故事的中段，兇手是誰的謎題便已解開。接下來故事該如何進行？這不僅考驗作者講故事的功力，也讓讀者感到無比好奇。

倪匡先生畢竟是故事大師，他設定了一個情節：被殺的人，由於某種特殊原因（想了想，還是不透露細節，以免沒有看過故事的讀者失了看故事的樂趣），體內的激素會變，變成不知道是甚麼樣子的怪物。

但是，先生剛設定好情節，馬上就自己把它打破：那幾個被殺的人，從墳墓裏挖出來，但是並沒有變成怪物。

這就奇怪了，正當讀者還摸不着頭腦之際，先生筆鋒一轉，馬上又有了新的解釋：那些死人不是不變，而是一死就下葬，體內激素還沒有來得及在空氣中暴露，而一旦挖掘出來再埋下，這種變化就會開始。

整個故事最恐怖的場景便由此開始！

非常非常喜歡故事中的這一段描寫，簡直可以稱得上是恐怖小說創作的典範。

高潮開始於一個雨夜的墳場：

我順着他所指的方向，向前看去，只見強光燈的燈光範圍之內，斜斜的雨絲，編織成為一幅精光閃閃，極其美麗的圖畫。

由於下雨的原故，天色更是陰暗了，在強光燈的照射範圍之外，幾乎是一片漆黑，甚麼都看不到了。

（畫面感極強，猶如在看電影。）

我清楚記得，第一個墓穴，也只不過被掘開了少許而已，但這時，我卻看到第一個墓穴，是一個深深的洞！……看來像是可以直通地獄一樣。

好的恐怖小說，絕不能直接血淋林的描寫，而在於挖掘心理層面的恐懼感。所以，怪物自然不能一下子就出現，必須做足氣氛，「地獄」的意象，便是其一。接着，在驚恐中，傑克上校看到了怪物（瘋狂開槍），墳場管理員看到了怪物（竟被嚇死），偏偏就是「我」——衛斯理，一次次地錯過，沒有看到。

緊張感如同拉開的弓弦，一點點地拉到最大，然後，怪物出場了！

怪物的出場，也不是一下子的，而是一點點，一步步，慢慢地出現，就是本文開頭所引用的那一段，那種毛骨悚然的感覺，簡直深入骨髓。

怪物去到了何處？衛斯理將如何面對這些怪物？而這些怪物又將在地球上掀起怎樣的狂風駭浪？新的懸疑一個又一個地被拋向讀者，將讀者帶入深邃而又恐怖的衛斯理宇宙。

如果說，讀一本好小說能獲得強烈快感的話，那讀一本好的恐怖小說同樣可以獲得極大的享受，這就是所

謂的「恐懼的快感」。

　　接下來，就讓我們好好享受這份無上的恐懼感吧！

衛斯理故事十大名場面（四）江邊浴血 |

第四回

金子來浴血金沙江　揮利刃殘肢漫天飛

在石台上的人，以極快的速度衝向前，長刃揮動，迸射出奪目的兇光，每一次利刃的光芒一閃，都有血珠噴灑，而隨着血珠四濺，在空中飛舞着，又跌向石台，或是甚至於飛出石台之外的，全是各種各樣的人的肢體。

……

斷手、殘足，帶着血花，四下飛濺，甚至聽不到利刃相碰的鏘鏘聲，帶着死亡的光芒的利刃，在劃破人的身體，剖開人的皮肉，切斷人的骨骼之際，所發出的是詭異絕倫、曖昧得幾乎和耳語相類似的刷刷聲。石台的中間微凹部份，本來是積着一片江水的，在不到一秒鐘的時間中，江水就被染紅，至多不過半分鐘，積聚着的已全是血，全是濃稠之極的血，在星月微光之下，鮮血泛着一種異樣的紅色。

一條斷臂，跌進了積血之中，斷臂的五隻手指，還緊握着刀，甚至有單憑一條手臂，也要再揮動利刀之感。

另一條齊膝斷下的小腿，立時壓了下來，濺起幾股血柱。

……

有兩個人在各自砍倒了一個人之後，飛快地接近，腳踏在積血上，發出「拍拍」的聲響來，積血早已濺得他們一身滿臉，當他們接近到了揮出利刃可以接觸到對方身體的時候，一個由下而上，一個由上而下，揮出了他們手中的利刃。

於是，一個手中的利刃，自另一個的胯下直插進去，在腹際停下；而另一個手中的利刃，自一個的頭部直劈而下，停在胸際。

另一個的臉上，現出極其怪異的笑容來，血像是倒翻的一桶水一樣，自他的胯下噴出，而頭被劈開的那個，兩粒滾圓的眼珠，自他的眼眶之中，跌了出來！

眼球跌出了眼眶的那個人，身子陡然掙了一掙，仆向前，和另一個幾乎被利刃自胯下從中剖開的那個人，身

子相碰，兩個人一起倒下去，可是身子又各自被他們手中的刀所阻，未能完全傾跌，於是，以一種怪異之極的姿態斜傾着。

鮮血已完全離開了它應該循環的軌跡，向外急不及待地噴冒着，看來有一股掙脫了軌跡的瘋狂。

——《黃金故事》

《黃金故事》在衛斯理故事中獨樹一幟。

曾有讀者問倪匡先生，最喜歡自己的哪一部小說，倪匡先生的答案是《尋夢》，想了想，又補充，還有《黃金故事》。

為甚麼《黃金故事》能成為倪匡先生自己最喜歡的小說，自然不是沒有道理的。這個故事，與其說是科幻小說，不如說是披着科幻外衣的武俠小說更加合適。

在創作科幻小說之前，倪匡先生就已經寫了大量的武俠小說，著名的有《六指琴魔》、《青劍紅綾》、《南明潛龍傳》等。他在武俠小說上的成就，雖比不了金庸古龍，但在剩餘的「第三人」中，堪稱佼佼。更何況先

生自幼愛看武俠小說，對武俠小說有特殊的喜好，如此情形下，將《黃金故事》視作自己最滿意的作品之一，就完全可以理解了。

《黃金故事》的故事很簡單，有人（不知是誰，懸念一）給衛斯理送來兩盒錄像帶，裏面錄了一部極精彩的民初動作電影，電影拍的是當年在金沙江畔各幫派為了爭奪金子而發生的恩怨情仇故事。影片真實感極強，那些刀光劍影血淋淋的場景，不像是一個默默無聞的導演所能拍出，可是衛斯理問遍影視圈的朋友，卻無人知道這部電影的導演是誰、演員是誰，也無人知道這部電影是何時拍攝、何時上映的（懸念二），於是衛斯理與白素就對這兩盒錄像帶展開了調查，結果出人意料，竟然是……

然而結果怎樣並不重要，在這個故事中，兩個懸念都只是用來招攬讀者的噱頭，真正重要的，是影片中所拍的「金沙江畔血淚史」。

看完整部影片（讀者看的當然只是文字版），會感到

無比的震撼和感慨。生活在當下的讀者，絕無法想像當年在金沙江畔所發生的事情。那真是一個弱肉強食的時代，一切的準則，都來自於誰擁有的力量和財富更多，所有人都像野獸一樣，撕咬着別人，搶奪着資源，今天的勝利者很可能就是明天的失敗者，人人都生活在恐懼中，只有握在手中的鋒利的刀，才是不會背叛自己的朋友。

在這段血淚史中，最令人震撼的一幕，要算是三隊「金子來」，在平台上的大廝殺了。

（所謂「金子來」，指的是那些不理一切，只奉命殺人的人。至於金子是不是來，來得是多還是少，就得看他們殺人是不是夠狠、夠快、夠多。）

那是一場真正的大廝殺，來自三個不同幫派的六十個年輕刀手，混戰在一起。刀光閃過之處，斷肢橫飛、血漿四濺，根本無法分辨誰是自己人，誰是別的幫派的人。在那種極度混亂的情形下，是不是自己人已經不重要了，或者說，除了自己，沒有誰是自己人，六十個人，能活下來的，只有一個！所有人的心中，想法都是一致

的，那就是殺殺殺，不停地殺殺殺！不殺了別人，就會被別人所殺。

倪匡先生對於這場大廝殺的描寫，可謂精彩之極，相信即使放在任何武俠小說中，都是令人無法忘懷的經典場面。那廝殺的氣氛、人物的動作、豐富的表情、環境的襯托，即使僅通過文字來表達，也能迅速在讀者腦中形成極生動的畫面。

我在閱讀這一段的時候，幾乎感覺自己就像直接在看電影一樣，那種血肉橫飛的場景，就在我的眼前出現，甚至還能聽到一聲聲的慘叫，聞到空氣中無比濃稠的血腥味。不，甚至已經不像是在看電影了，而是根本就在現場！

故事中，第一階段的大混戰過後，石台上剩下的只有三個人，第二階段的大決鬥，就在這三個人中展開。

別以為三個人的廝殺會不那麼血腥，不那麼激烈，相反的，那才是大廝殺真正的高潮的開始！

其中的兩個人，不約而同地同時攻向第三個人，完

全沒有事先的商量，有的只是殺手的第六感。誰會成為這第三個人，沒有預兆，也沒有定律，一瞬間的本能爆發，甚至不需要思考，身體作出的動作，自然而然就決定了誰是第三個人。那是命運的安排，沒有抱怨也無需抱怨，因為在刹那之間，那第三個人已被利刃砍進了身體。兩柄砍進他身體的利刃，在他的體內相交，甚至還發出了一下悶啞的金屬相碰撞的聲音。他再也沒有餘力去抱怨或者忿恨，他甚至應該慶幸，終於擺脫了這廝殺的一生，再也不用過刀頭舔血的日子。看，那人的口角，居然牽起了一個笑容。

很可惜，沒有人有興趣知道他在笑甚麼，剩下的兩個人陡然抽刀後退，同時起腳，踢在他的身上，把他的身子踢得直飛了起來，仆跌進了江水之中。

接下來，自然是最後的決鬥。

他們兩人都凝立着不動，隔着那一大灘凝血，凝血的表面十分平滑，甚至能把斜掛在天際的半月，清晰地反映出來。

剛才血肉橫飛的大廝殺已經過去，可是如今靜止的場面，卻更令人喘不過氣來。

……

石台上的兩個人雖然還沒有開始行動，但是他們已經判定了生死勝負。

殺機先滿溢者死。

因為他已經不能再控制自己：在這種生死一線的決鬥之中，不能控制自己的人，自然必敗無疑。

最後的最後，誰勝誰負已然變得不再重要，總有一個人會死去，也總有一個人會活下來。活下來的人，會得到本幫會上下所有人的無限崇敬，還能得到第一天在新江段找到的全部金塊，以及他想要的任何一個女人。

然而，得到了以後又如何？他又能享受多久這樣的待遇？也許就在第二天，他又將面對另一次的大廝殺，會不會還能如此幸運？

到金沙江去，那裏有金塊，有好酒，有魚有肉，有美女，甚麼都有。

美麗的謊言，反覆地欺騙着願意相信的人，使他們陷進了自己編織成的美夢之中，陶醉在虛幻的希望和想像之中，在這種情形下，他們根本無法脫出自己編織的羅網。

多年之前，金沙江畔的人們曾是如此，多年以後，生活在藍天白雲下的我們，又何嘗不是如此？

衛斯理故事十大名場面（五）藍血的人 |

第五回

衛斯理雪夜遇舊識　藍血人施術迷心智

方天的臉上，現了十分奇特的神情來，他低下頭去，喃喃地道：「衛斯理，你是一個好人，我一直十分懷念你，你是一個好人……」

在他那樣喃喃而語之際，我的心中，突然又興起了「死」、「自殺」等等的念頭來，我心頭怦怦亂跳，這比任何謀殺還要恐怖，這個藍血人竟有令人不自然而服從他的意志自殺的力量！

……

所以，我在那時，便竭力地鎮定心神，抓住那些莫名其妙襲來的念頭，我和方天兩人，足足對峙了六七分鐘之久，我已感到我腦中自殺的意念，已經越來越薄弱了！

……

方天的樣子，像是十分沮喪，而且，在沮喪之中，還帶着幾分驚恐，他喘着氣，道：「衛斯理，你贏了，我可能會死在你的手中，永遠也回不了家，但是你不要逼我，不要逼我用武器………」

我起先，聽得他說甚麼「回不了家」等等，大有丈二金剛摸不着頭腦之感。聽了他最後的一句話，我不禁吃了一驚，同時，他也在那時揚了揚手。

我向他的手中看去，只見他手中握着一隻銀光閃閃的盒子，盒子的大小，有點像小型的半導體收音機，但上面卻有着蝸牛觸角也似的兩根金屬管。

我從來也未曾見過這樣的「武器」，我立即問道：「這是甚麼？」

……

我的話未曾講完，方天已經全身發起抖來，他手背微微一揚，在那一瞬間，我只看到他的手指，似乎在他手上的那隻銀盒上按了一按，而我也聽到了極其輕微的「吱」地一聲響。

接着，我便覺得眼前突然閃起了一片灼熱的光芒，是那樣地亮，那樣地灼熱，令得我在不到百分之一秒鐘的時間內，便失去了知覺，倒在雪地之上了。

在我失去了知覺之前的一瞬間，我似乎還聽得方天在叫道：「不要逼我——」

——《藍血人》

《藍血人》創作於一九六四年八月，在衛斯理故事中，第一次出現了外星人，而當我讀到《藍血人》的時候，已是一九九五年，其中有三十年的間隔。

然而無論是六四年的香港，或是九五年的上海，外星人的故事，都不屬於當時小說創作中的熱門題材，也不屬於大家愛看的小說類型，相信有外星人存在的香港人或者上海人（也可擴展為地球人），更是寥寥無幾。但我，是這少數人中的一個。

我相信有外星人，並不是受到倪匡先生影響，在看衛斯理小說之前，我就已經堅信有外星人的存在了。

當我還年幼的時候，接觸到一本叫作《飛碟探索》

的雜誌，在那本雜誌上，經常可以讀到世界各地關於飛碟以及外星人的消息，並且還偶有翻譯過來的西方科幻小說節選。那時的我，正是想像力異常豐富，而又極渴望吸收知識的年紀，自然毫無保留地接受了外星人的存在，甚至還幻想有一天能通過神秘的時空隧道，去到宇宙中的各個星球上旅行。

不過，雖然我嚮往宇宙，也堅信外星人的存在，但是，由於很難獲得更多有關外星人的資訊，當時能看到的西方科幻小說也多是描寫外星侵略者入侵地球之類，導致我對於外星人這種神秘而不可知的生物，充滿了深深的敬畏之心，甚至是恐懼之心。所以，當我第一次捧起《藍血人》，讀到衛斯理雪夜遇方天那一段，會在心中產生強烈的恐懼感，也就很能夠理解了。

（如今眼界開闊了，知識增長了，再看的時候，自然也已經不會感到恐懼，但當時，卻是真真切切感到了害怕。）

方天這個外星人，居然有可以影響人的腦部活動，

使人想要自殺的能力！

草田芳子自殺了、林偉自殺了，要不是衛斯理意志力強大，恐怕也逃不過去。

（衛斯理雖然意志力強大，在年輕時第一次遇到方天，還是被影響到了，若非有三個上海女同學恰巧路過，恐怕大家就再也看不到以衛斯理為主角的故事了。）

這種情形不由得讓初讀《藍血人》的我心裏發毛。我自問不是一個意志力強大的人，若是叫我遇上方天，那可如何是好。腦中不斷這樣想着，渾然忘了自己其實只不過是在讀一本小說！

不過，方天的能力僅限於此，再往下看，會發現，方天這個外星人，實在是一個非常可憐的傢伙。

他在幾百年前就來到了地球，他不會老，他一直想再回到他的家鄉——土星，但是，他沒有交通工具，他回不去，就這樣，他一直在地球上流浪，直到地球人的科技，發展到能夠製造出上天的火箭，他才有了回去的可能。

他因為怕被人發現自己是外星人，怕被科學家抓取

當小白鼠般研究，一直小心翼翼地隱藏着自己的身份，然而無論再怎麼隱藏，總還是有暴露的時候。

當他在大學時（恰好和衛斯理是同一座大學，當大學生自然也是他掩飾身份的一種方式），不慎弄傷了自己，流出藍色的血液，被林偉和衛斯理看到，他害怕極了，運用超能力，使他們自殺；在北海道滑雪時，他又不慎弄傷自己，被草田芳子看到了藍色血液，他依然害怕，於是又想讓芳子自殺。

他有讓人自殺的能力，可他卻只是為了消除自己內心的恐懼才使用這能力，這樣看來，方天這個外星人，實在是很怯懦的，根本不必害怕他！

（真不知我當年到底害怕他些甚麼？）

《藍血人》的故事寫得相當長，很多情節都屬於無效情節，也就是跟主線並無太大關聯，純粹是為了熱鬧或者多賺點稿費而灌的水。開頭的那段令人恐懼的情節過後，就進入到冗長的中段故事，得耐着性子往下看，直到最後三分之一處，出現一個來自土星的無形飛魔「獲

殼依毒間」，故事才變得再次好看起來，恐懼感也重新襲來。

這個「獲殼依毒間」，本事比方天大多了。它是一股無形無質的電波，能隨時侵入人腦，直接佔據地球人的身體，而被佔據身體的地球人，自然再也無法活過來。

衛斯理的好友納爾遜先生，就是被「獲殼依毒間」佔據了身體，壯烈犧牲的。這也是故事中為數不多的，讓人極為動容的一幕。

（方天不值得怕，但「獲殼依毒間」還是需要提防的。）

《藍血人》這個書名，雖然指的是方天，但是，幾乎所有的配角，無論形象或者性格，都比主角方天要強許多。唉，方天啊方天，你身為具有超能力的土星人，難道就不慚愧嗎？

不過，話說回來，無論方天有多麼不濟，這一段衛斯理雪夜遇故人的情節，還是堪稱衛斯理故事中極為經典的一個名場面！

衛斯理故事十大名場面（六）高樓怪手｜

第六回

廿四樓窗外現怪手　成立青目睹非常事

第二天晚上，天氣更冷，西北風也更緊。一到了午夜時分，成立青便突然莫名其妙地緊張了起來，他也不知道為甚麼會緊張，他突然放下了工作，立即地，他聽到了那「拍拍」聲。

那種「拍拍拍」的聲音，來自他的身後。

成立青連忙轉過身去，在剎那之間，他感到自己的身子，像是在零下十度的冷藏庫中一樣。並不是他看到了甚麼可怖的聲音在發出那種「拍拍」聲。他沒有看到甚麼，那聲音是來自窗外的，聽來簡直就是有人用手指在敲着玻璃。

但是想一想，他住在二十四樓，他房間的玻璃窗，離地至少有二百四十尺！

若說有甚麼人在離地那麼高的窗口，在他的窗上發出

甚麼聲音來，那是不可能的，那一定是一隻硬殼甲蟲，在撞碰着他的窗子。

成立青感到剎那間，氣溫彷彿低了很多，他站了起來，身子不住地在微微地發抖，他猛地拉開了窗簾，窗外一片漆黑，他並沒有看到甚麼。

成立青鬆了一口氣，他絕不是一個神經過敏的人，相反地，他是一個頭腦十分縝密的工程師，但是這時候，他看到了窗外沒有甚麼東西，又不由自主地鬆了一口氣，回到了工作桌的旁邊。

當他坐在桌邊，又要開始工作的時候，身後又響起了那種「拍拍」聲來。

成立青又不耐煩地回過頭去，他剛才走近窗口，拉開窗簾，看到窗外並沒有甚麼之後，並沒有再將窗簾拉上。所以，他這時轉過頭去，便立即可以看到窗外的情形了。

他看到了一隻手。

那手出現在最後一塊玻璃之下，中指正在敲着玻璃，

發出「拍拍」聲。

那是千真萬確的一隻手，而且手指的動作也很靈活。

成立青整個人完全僵住了，他不知該怎樣才好，他雙眼定定地望在那隻手上，他張大了口，但是又出不了聲，在那一剎間，他所感受的那種恐怖，實在難以形容。

轉眼之間，那隻手不見了。

——《支離人》

《支離人》的開頭，和《老貓》有着異曲同工之妙，都是從日常生活中一種常見的情形說起，繼而引出一件古怪的事件。只不過，《支離人》的開頭，更直接更詭異。

一個寒冬的午夜，成立青望着窗外發呆。（《老貓》則是夏天的深夜，都是深夜，也都是容易發生怪事的時間段。）這本是很常見的情形，倪匡先生卻不厭其煩，描寫得非常細緻，目的就是通過極其細緻的描寫，讓讀者立刻就能在腦中顯現出當時的環境，以及故事人物成立青的處境（瞬間入戲），為之後怪事的發生，做足氣

氛上的烘托。

突然明白為甚麼先生要將時間設定為寒冬了，只有在寒冬的深夜，人才會因為寒冷而躲在屋內不出去，那樣的話，發生在屋外平台上的怪現象，才有可能使得成立青看不真切而以為是自己眼花（若是炎夏，自然會在平台上乘涼，任何怪現象都看得一清二楚，故事的發展也就完全不一樣了）。

在二十四樓的屋外平台邊，突然出現了一雙手。這種情形，無論誰看到，都會忍不住嚇一大跳吧。

第一反應一定是趕緊出去看看，但卻甚麼都沒有看到（若是這時就能看到甚麼，那一定不是個好故事），接着，自然而然會覺得非常疑惑，想找出合理的解釋，這時，有一個很現成的符合常理的解釋出現了：平台邊出現的手，可能是有人吊在外面。解釋再進一步：那一定是個小偷，不然誰會在午夜扒在二十四樓的平台外？解釋更進一步：手不見了，一定是人掉下去了，從二十四樓掉下去，結果如何不說也知。解釋到這裏，出

現了一個無法解釋的情況：人從高空摔落，為甚麼沒有慘叫聲？當然，一切都可以推給自己眼花看錯了，可潛意識卻知道，這是自己在騙自己，於是，恐懼感在心中漸漸瀰散開……

第二天，天氣寒冷更甚，到了午夜，就像定好鬧鐘一般，恐懼感準時從成立青心中醒來，彷彿也在提醒讀者，要注意啊，讓你們害怕的怪事情，馬上就要發生了哦。

寒冷的冬天、午夜過後、刺骨的西北風、第一天的奇怪經歷，這種種因素疊加在一起，使人的情緒處於一種高度緊張的狀態，也就特別容易被外來的刺激所嚇到。

先是奇怪的聲音，「啪啪啪」地在敲着玻璃窗，成立青猛地拉開窗簾，卻甚麼也沒有看到。

（這就是倪匡先生的高明之處，若是一拉開窗簾就看到了甚麼，雖然也會令人害怕，但害怕的程度卻不夠強烈，所以必須再繼續營造氣氛。）

在這種情況下，人的心中，雖然也會有害怕的感覺，

但更多的是煩躁，是一種對自己生氣，覺得自己怎麼如此膽小，一點點動靜就疑神疑鬼自己嚇自己的煩躁感（無論多麼膽小的人，都不願承認自己是膽小的）。

所以，當聲音再次出現的時候，成立青是煩躁感大於恐懼感的。這才是怪事發生的最佳時機，只有在人毫無提防的情形下，恐懼感才能最大限度地衝擊到人體的每一個細胞，瞬間擴散開。舉個並不是很恰當的例子，就像是酷暑天喝冰汽水，當嚥下第一口汽水時，那無數的小氣泡瞬間在身體裏炸裂開所產生的超級爽快的感覺。而高級的恐懼也同樣可以讓人覺得超級爽快。

成立青突然見到一隻手，一隻獨立的手，在敲着自己家的玻璃窗。

超現實的畫面，居然出現在現實生活中，任誰都會先一愣，繼而才感到驚恐。這種時機恰到好處的恐懼衝擊，給讀者帶來的閱讀快感，是難以忘懷的。

我到現在還清楚地記得，自己第一次讀到這一段時，也曾忍不住往自己家的玻璃窗上望了一眼，唯恐和成立

青一樣，看到一隻獨立的怪手，結果自然是沒有。但還是會胡思亂想，這次沒有，那下一次呢？會不會下一次就有了？

可是冷靜下來仔細想想，其實故事中出現的都是一些常見的事物、常見的環境（就算是隻怪手，也不過就是一隻手），並沒有出現任何怪物、外星人，可偏偏就是這些常見的事物，組合在一起，卻產生無比詭異的場面，讓人感到無比的恐懼。

然而，和很多衛斯理故事一樣，《支離人》也有着虎頭蛇尾的毛病，一個精彩絕倫的開頭過後，故事漸漸趨於平庸。支離手的秘密被衛斯理揭開後，就進入到傳統的冒險尋寶模式，雖然也好看，卻「好看之餘精彩不足」了，這也是《支離人》始終未能成為衛斯理故事中，那些最令人稱道的故事之一。

很可惜。

衛斯理故事十大名場面（七）炭幫往事 |

第七回

林子淵亡命跳炭窯　邊老五救人慘斷臂

邊五道：「突然，秋字型大小窯那裏，有人叫了起來，我們奔過去一看，看到了那個瘋子，在拚命向窯頂上爬着，已經爬了有一半以上。生火的吉時快到了，這瘋子——就是要我們開窯，好讓他自窯中取出一段木料來的那個人，竟然要爬上窯頂去。他的背上，還繫着一柄斧，顯然他是要不顧一切將封好的窯劈開來。」

……

祁三緩過了氣，才又道：「四叔也急了，叫道：『老五，抓他下來！』老五一聽，連忙向上爬去。就在這時，那人已到了窯頂，窯頂有一個洞，他一看到那個洞，就湧身跳了下去，也就在這時，鑼聲響起，吉時已到了！」

……

祁三吞了一口口水，道：「是的，所以鑼聲響了之後，秋字號的火工頭，一時之間決定不下，望着四叔，四叔也呆住了，這是從來也沒有發生過的事，鑼聲在響着，一下，兩下，三下，鑼聲只響四下，吉時就要過去，四叔下令道：『投火！』」

……

我大聲說道：「你們……你們想將一個人活活燒死在炭窰裏面！」

祁三立即道：「四叔是看到老五已經爬到了窰頂，才下令投火的！」

我道：「那又怎麼樣？」

……

祁三道：「以老五的身手而論，他可以將那人拖出來，而不延誤吉時。」

……

邊五道：「我不知道，我一跳進去，火已經從四面八方，轟撞了過來。四個火口，一着了火，只有窰頂上

有一個洞，人就先集中在窯的中間，然後向上竄，煙和火薰得我甚麼也看不見，我不知道自己在窯中耽了多久，甚至連自己是怎樣爬出窯來的也不知道！」

……

我聽到祁三深深的吸氣聲，接着看到他轉過身來，伸手指着邊五的空衣袖，面肉抽搐着，過了好一會，才道：「我一看到有一隻手自窯頂的洞中伸出來，立時伸手去抓，我一握住了那隻手，想用力將他拉出窯來。可是，可是……我用力一拉，我整個人向後一仰，一個站不隱，自窯上，直滾下來──」

……

他喘了幾口氣，續道：「我不知道發生了甚麼事……一直到我着了地，我才看清楚，不錯，我仍然抓住了老五的手。我那一拉的力道太大了，將老五的一條手臂，硬生生地拉了下來！」

──《木炭》

同樣是在科幻小說中加入武俠元素，《木炭》和《黃

金故事》就完全不同，堪稱是兩種「以武入幻」的典範。

《黃金故事》的科幻與武俠兩個部份，基本上是完全割裂的，各自為政，幾乎沒有交集，而且武俠部份遠遠大於科幻部份，成為了故事的主體，科幻反而只是點綴。

《木炭》則不同，以科幻為主（大約佔六成比例），武俠為輔（大約四成），而且兩者之間融合得相當完美，毫不生硬，簡直就是渾然一體。

《木炭》的故事，圍繞着一塊木炭而展開，引出了故事中非常關鍵的一組人物。之所以說是「一組」人物，那是因為他們都屬於同一個幫會組織。

幫會，在中國民間社會中，是一種特殊的存在。一般而言，幫會是一種相同職業的人組成的一種組織，這種組織，形成了一種勢力，可以在某種程度上，對於從事這種職業的人，有一定的保障，而從事這種職業的人，也必須對所屬的幫會，盡一定的義務。愈是獨特的職業，愈是容易結成幫會，像走私鹽的，結成鹽幫；碼頭挑夫，結成挑夫的幫會。在《木炭》中出現的幫會組織，自然

就是「炭幫」。（至於現實中，是不是真的曾有過這樣一個幫會，已不可考，也不必考，只要相信它曾存在過，那它就存在過。）

「炭幫」是《木炭》這個故事中非常重要的存在，只有在了解了它的背景之後，才能對故事中人物所持有的一些觀念、所作出的一些行為，有一個正確的理解。

中國的幫會，各有各的禁忌和規章。這些禁忌和規章，用現代的文明眼光來看，極其落後，甚至可笑。但是對於這些幫會本身來說，卻都奉為金科玉律，神聖不可侵犯。

而且，每一個幫會，都有它本身的隱秘，這些隱秘，絕不容許外人知道，外人去探索這些隱秘，會被當作是最大的侵犯！

雖然，隨着時代的進步，所謂「炭幫」，早已風流雲散，不復存在。（甚至連「幫會」這種曾盛極一時的事物，至少在檯面上，也已不復存在。）但是由於當年炭幫的勢力，是如此龐大，幫中積聚的財富也十分驚人，

即使事隔多年，幫會中的一些殘存的人物，他們的影響力，也是不可小覷的。而且，正因為他們是幫會中人，曾經梟雄一時，所以，他們的思維方式不可避免地停留在過去（只有留在過去，他們才能呼風喚雨，而到現代，他們甚麼都不是）。他們的行事手段，還是中世紀式的，對一個習慣於現代文明的人（比如我們這些讀者），是根本不可想像的。

了解了這些，才能夠理解，在本文所介紹的那段名場面中，為何有人跳入炭窯，炭幫幫主還要下令生火了。因為在他們的觀念中，一旦選好了吉時，封好的炭窯就絕對不能再打開，這種規矩的約束力，就算是犧牲人命也不能違背，其愚昧可想而知。

當衛斯理責問祁三，違背了規矩會怎樣時，祁三的回答竟然是：「絕不能這樣做，也……從來沒有人這樣做過！」

任何事，一涉及「規矩」，幾乎就是沒有甚麼道理可講的。作為幫會中人的祁三，不需要知道為甚麼，只

要按着「規矩」做就是，在「規矩」面前，人人都是奴隸，沒有反抗的餘地，哪怕「規矩」要人去死，人也就只好去死。

林子淵不是幫會中人，自然也不知道這些「規矩」，所以，他為了取得他迫切想要得到的東西，義無反顧地跳入了炭窰。

（林子淵就是名場面中一開始所寫的「那個瘋子」。其實我是有點好奇的，如果他知道那「規矩」，還會不會不要命地跳進炭窰？）

林子淵想要得到的是甚麼呢？沒人能夠想到，他要的，竟然只是一段木料！但是，這段木料可不一般，它來自於一棵特定的樹，在這棵樹上，依附着他祖上的靈魂！

故事進行到這裏，非常自然地從武俠部份（其實只有「武」沒有「俠」，只是為了行文方便而姑且稱之）轉到了科幻部份。炭幫的任務差不多已經完成，接下去，就該由衛斯理出馬，去探尋靈魂的秘密了。

在《木炭》中，武俠部份寫得非常出色，僅僅只看

邊五在火窯中救人這一段，就已經讓人有喘不過氣之感。在這種珠玉在前的情況下，科幻部份是不是也能寫得出色呢？答案是肯定的，《木炭》的科幻部份，實在比武俠部份還要精彩！

《木炭》不是衛斯理故事中，第一個探索靈魂的故事，但絕對是第一個對靈魂作出設想的故事。

（第一個探索靈魂的故事是《湖水》，但因為《湖水》的創作年代太早，那個時候，香港的社會風氣非常保守，還無法接受靈魂的存在，無奈之下，倪匡先生只能把本來準備探索靈魂的故事硬是寫成了推理故事，這也導致《湖水》的情節相當彆扭，成為一部失敗的作品。）

《木炭》對靈魂及生命的設想是這樣的：生命的第一形式，就是我們現在的樣子，一具有血有肉的身體和一副會思考的大腦。當人死後，身體化成灰，以靈魂（腦電波）狀態存在，這就是生命的第二形式。

這兩種形式，還能看到，還能想像，然而第三種形式又是甚麼樣的呢？故事中，白素給出了她的設想：「這

就是我之所以感到悲觀的原因。他的靈魂在離開了木炭之後，進入了所謂第三形式。但是所謂第三形式，極可能，是他又進入了另一個肉體之中！」

　　是不是這樣？還是根本不是這樣？

　　沒有任何人，或者任何靈魂可以回答這個問題。當然，也可能有其他的情形，然而那是甚麼樣的情形，根本在人類的知識範圍之外，甚至連想像也無法想像了。

　　真可悲！

衛斯理故事十大名場面（八）電梯驚魂│

第八回
搭電梯上升無止境　低頭望下界霧茫茫

電梯向上升着，任何一個在城市生活，而又在日常乘搭電梯的人，都可以肯定這一點，時間已經過去了五分鐘，可以說，世界上還沒有一幢大廈有那麼高——電梯上升了五分鐘，還沒有到頂！

電梯還在繼續向上升，可以說，連我自己也不知道為了甚麼（其實，當然是為了內心的恐懼。），我陡地大聲叫了起來。

我不斷地叫着，大約又過了十分鐘，電梯還在向上升着——那時候，我心中的恐懼，到達了另一個難以形容的頂點。

……

而電梯還在不斷向上升着，大約自我進了電梯起，至少已經有十五分鐘之久！

我吸了一口氣，電梯還在繼續上升，我用力敲打着電梯的門，希望它能夠停下來，可是電梯還在繼續不斷地上升。

那實在是令人瘋狂的，一幢沒有人居住的大廈，一座不斷上升的電梯，只有一個人，被關在那電梯之中。

我幾乎每天都乘搭電梯，但直到這時候，我才發現這個將人在一條直上直下的水泥管道之中，提上吊下的鐵箱子，原來竟如此可怕！

……

我後退了一步，又大聲叫了起來。這一次，我只不過叫了幾聲，電梯突然停止了！

……

突然在我的身後，又傳來了「啪」地一下開門聲，當我立時轉過身去，我呆住了！

的確，在我的身後，又有一扇門打開，一個人站在門口，正是小郭！

……

一到了他的面前，我就道：「小郭，怎麼回事？你為甚麼一直留在這裏不回去？」

……

小郭現出了一個十分苦澀的笑容，並不回答我的問題，只是道：「你來看！」

……

小郭的動作十分奇怪，他雙手抱着頭，退到了牆角，靠着牆，慢慢地坐了下來，接着，伸手向通向陽台的玻璃門，指了一指。

……

我略呆了一呆，走了過去，推開了玻璃門，來到了陽台上，一踏出了玻璃門，我就呆了一呆，現在，我是站在一幢大廈的陽台之上。

……

可是這時，我向下看去，甚麼也看不到。

那是真正的甚麼也看不到，我所見到的，只是茫茫的一片，那種茫茫一片的情景，實在很難形容出來。我

可以肯定的是，那決不是有濃霧遮住了我的視線，而是在我目力所能及的地方，本來就甚麼也沒有。

我突然感到了一股寒意，不由自主，發出了一下呼叫聲來。

——《大廈》

每一個人，每一天當中，都可能會搭乘好幾次電梯。只要是有高樓大廈的地方，就必然有電梯的存在，而在現代的都市中，又怎會沒有高樓大廈呢？所以，搭乘電梯這種行為，實在是再普通不過了。

可是，這種在日常生活中司空見慣的行為，竟然也能成為恐怖故事的題材，實在讓人匪夷所思，繼而好奇心起，這，究竟會是怎樣的一個故事？

《大廈》這個故事，就是從一幢大廈開始的，不，應該說，是從羅定進入那架電梯開始的。

那天，一切都和往常一樣。也不能說完全一樣，因為羅定的心情比往常更興奮更高興，他終於攢夠錢，可以在這幢第一流的大廈中，買下一個單位。那天，他是

來看房的。

　　羅定很有眼光，他選擇在二十二樓挑選一個單位。這個樓層，不是頂層，可以避免被太陽直曬，但這個樓層又足夠高，從陽台上看出去，會有極佳的視野。

　　雖然還沒有付款，可是在羅定的心中，彷彿這個單位已屬於他。從他嘴角浮現的笑容就可以看出，他的心情，是多麼輕鬆多麼愉快。

　　他接過大廈管理員遞來的鑰匙，一個人進了電梯，按下二十二樓的按鈕，電梯門關上，開始緩緩向上升去。

　　直到這裏，故事還很平淡，只是一個小人物購房過程中的一些細節，雖然也挺有趣，卻算不上很吸引人，所以，是時候出現一些變化了。

　　羅定在電梯中哼着小曲，心中不住地幻想着，如果自己買了房子，那麼，至少該添一些新的傢具，或者，索性豪華一點，委託一間裝修公司，好好地裝修一下，住得舒舒服服，從此之後，不必每個月交租，而且，這幢大廈的環境那麼好，在陽台上坐着，弄一杯威士忌，

欣賞風景，真是賞心樂事！

　　他越想越是高興，渾然忘了時間的存在，直到他突然省起，自己似乎在電梯裏呆得太久的時候，他這才發現，電梯還在不停上升！

　　照時間來算，二十二樓應該早就到了，別說二十二樓，就連頂層的二十七樓也早該到了，然而，電梯還在不停上升，可能已經上升了幾千呎，但世上哪有那麼高的大廈呢？電梯究竟要帶着羅定去向何處？

　　羅定先是感到一陣迷茫，可立刻就變成了驚恐。他無法遏制內心的恐懼，陡地大叫起來（人在感到害怕的時候，是不是都會情不自禁地大叫呢），他沒有料到，自己的聲音竟是如此淒厲。叫聲持續着，也不知有多久，電梯突然震動了一下，終於停了下來，而且，電梯的門，也打開了。

　　不要期待會在電梯門外看到些甚麼，那是第九流恐怖小說中才會有的情節，真正的恐懼，是甚麼也看不到！

　　（只有未知，才能令人感到最大的恐懼。）

　　故事發展到這裏，算是真正進入了軌道，但似乎還欠缺一點火候，需要再添一把柴火，於是，大偵探小郭登場了。

　　小郭會出現在故事中，純屬偶然（所有故事的發生，一開始都是偶然），他也是看中了這幢大廈，想過來購房，才和羅定撞車的。

　　羅定在二十二樓又遇到了甚麼事？暫時還不得而知，但看他失魂落魄急着逃走，甚至急到會和小郭撞車，可想而知，不會是甚麼愉快的經歷。

　　撞了車，自然要先去警局備案，在警局中，小郭聽羅定說了他的恐怖遭遇。這種事情，只怕無論誰聽了，都只會哈哈一笑，當作是癡人夢話，所以，當小郭轉述給衛斯理的時候，還是一副很輕鬆的表情，甚至覺得，能搭乘到不斷上升的電梯，是一件非常刺激的事情。

　　可是，等到後來小郭真的有了和羅定一樣的遭遇後，他就一點也不覺得刺激了。小郭的樣子，甚至比羅定更糟，就像是剛殺了人，被幾百個員警追趕着，他瘋狂地

衝進自己的車子，以驚人的速度，逃離了這幢大廈。然後，小郭就失蹤了。

事態發展到這裏，詭異的氣氛愈來愈濃郁，接下來，就輪到衛斯理出場了。

衛斯理出場後，通過各方查探，得到不少線索，又經過一番明爭暗鬥，終於找到幕後指使者，揭穿了電梯不停上升的秘密。

然而，這些情節都不重要，它們只不過是故事中添加的各種佐料。《大廈》這個故事的精髓，實際上隱藏在普通行為（搭乘電梯）背後的詭異氣氛（不停上升）中。仔細地感受這種氣氛，體會這種恐怖，你會得到一種前所未有的閱讀快感。

《大廈》的故事寫於一九七二年九月，直到好多年之後，西方的科幻小說家才發現這種寫法的好處：幻想小說中的情節，和現實生活中常見的行動結合在一起，給以新的設想，特別能使看小說的人感到震撼。於是才有了大量這類情節的小說。

雖然倪匡先生自言，這並不說明甚麼。但是，還是能說明些甚麼的。

衛斯理故事十大名場面（九）幽靈古堡 |

衛斯理故事十大名場面（九）幽靈古堡 |

衛斯理故事十大名場面（九）幽靈古堡 |

衛斯理故事十大名場面（九）幽靈古堡 |

第九回

壁爐前掉失打火機　高彩虹古堡夜驚魂

彩虹以前根本沒有到過這幢古堡，古堡的建築情形，她也全然不了解，看到有一扇門鎖着，她就來到了門前，用古昂給她的兩柄鑰匙之中的一柄去開門，可是卻未曾打開，再用第二柄，巨大的鑰匙插進鎖孔之後，轉了一轉，「喀」地一聲響，鎖打開了。

……

彩虹進房之後，總算鬆了一口氣，據她的形容，當她走進東翼的大門之後，直到了房間之內，這一段路，她真不知道自己是如何走過來的。而到了房間之中，關上了房門之後，雖然她一樣因為心中的恐懼而在冒汗，但處身的空間小了一些，心裏多少有一點安全感。

……

然後，彩虹來到床前，和衣倒在床上，深深地吸了一

口氣，閉上眼睛。

彩虹已經很疲倦，所以當她閉上眼睛之後不久，就睡着了。

彩虹講到這裏的時候，特別強調一點。她說，她膽子再大，也不敢熄了燈來睡。所以，當她睡過去的時候，她可以肯定，那盞蓄電池手提燈，是開着的。

……

當她在睡了若干時候之後，突然醒來，發覺自己是處在極度的黑暗之中時，她只驚訝了極短的時間，就明白那手提燈的電，一定耗完了。

……

她在身邊，摸到了自己的手提袋，取出了打火機，打着，打火機的火光閃耀着，將她的影子，形成一個巨大的暗影，顯在牆上，當她向壁爐走去的時候，她有點不怎麼敢看自己的影子。

她來到壁爐前，踮起腳尖，點壁爐架上的蠟燭。那時，她整個人，是在壁爐之前，突然之間，她感到一股寒

風吹向她，那突如其來的一股寒風，令得她陡地打了一個冷顫，手一震，手中的打火機落在地上，熄滅了，變成了一片黑暗。

當時的情形，實在足以令一個膽子再大的人，也自內心深處，生出極度的恐懼感。而彩虹當時也真正地僵呆了，當她勉力定過神來之際，第一便是想找回自己的打火機。可是當她蹲下身去，雙手在地上摸索着的時候，她卻找不到她的打火機。

打火機落下來，一定落在她的身邊，可是她卻摸來摸去摸不到！

……

房間中之所以如此黑暗，當然是因為掛着厚厚的窗簾之故。如果將窗簾拉開來，儘管外面也是黑夜，多少有點星月微光映進來，那麼就可以找到跌在地上的打火機了！

當她想到這一點之際，她已經準備直起身子來了，可是當時她蹲在地上相當久，雙腿有點麻木，所以一時

間站不起來。她於是伸手按向地上，想借着一按之力，站起身子來。就在她的手向地上一按之際，她的手，按到了一個人的手。

那是一個男人的手背！彩虹可以肯定。粗大，有凸起的骨節，和相當濃密的汗毛！

——《迷藏》

古堡、少女、探險、穿越時空⋯⋯這些元素，早就被人寫爛了，如何還能幻化出一個與眾不同的精彩故事呢？

在《迷藏》中，倪匡先生就讓我們知道了甚麼才叫作真正的故事大師！

提到古堡，人們腦海中浮現出來的，不外乎是吸血鬼、幽靈、怪物、密室這些東西，毫無新鮮感，可是《迷藏》竟也以古堡作為故事背景，那在《迷藏》的大公古堡中，又會有些甚麼東西呢？

大家一定想不到，大公古堡中，甚麼都沒有！

或者應該說，除了一個管理員，甚麼都沒有。

大家又會想，怪事一定出在這個管理員身上。錯！

這個管理員身上沒有怪事，他只是個很普通的人，普通得和你我一樣，只不過他的職業是古堡管理員罷了。

那這個故事又該如何說下去呢？別急，倪匡先生自有辦法。

故事的女主角，是在以前的一個衛斯理故事《筆友》中出場過的高彩虹小姐，她在歐洲小國安道耳旅行的時候，給衛斯理和白素寄了一張明信片。明信片上，彩虹出了一道謎題讓衛斯理猜：「表姐、表姐夫，我很好，在安道耳，這是安道耳的一座古堡。我今天才知道這座古堡有一個極奇怪的禁例：不准捉迷藏！表姐夫可知道世界上有任何其他古堡有這樣的怪禁例？為甚麼這座古堡會禁止捉迷藏？我急於想知道，能告訴我嗎？」

是不是開始有點意思了？一座古堡，不准捉迷藏，這是甚麼奇怪的規定？

在古堡捉迷藏，其實是非常有趣的事。一座古堡，至少有一百間房間以上，而且有無數通道、地窖、閣樓，躲在一座古堡中，要找到真不容易！

　　然而就算再不容易，也不會有生命危險，為甚麼要禁止呢？

　　高彩虹不知道原因，衛斯理同樣也不知道原因。但是，衛斯理還不能在這個時候就出場，過早地解開謎題，誰還要看後面的故事？所以，衛斯理找到了一位朋友，請他去古堡替彩虹解謎（自然是解不開的）。

　　彩虹是個好奇心極為強烈的女孩，而且有着極強的行動力，不等衛斯理的朋友（名叫王居風）趕到安道耳，就已經一個人闖進古堡。既然不准捉迷藏是古堡的規定，那答案，自然要到古堡裏去尋找。

　　那一夜，彩虹就是在古堡中度過的。

　　看，微妙的氣氛漸漸地出現了。就像舞台上噴灑的乾冰，霧氣從地面開始，先是幾縷輕煙，繼而緩慢而堅決地瀰散開，一點一點將人帶入到一個迷離的境界中去。

　　這時候，自然要利用古堡的夜，製造一些恐怖感出來（雖然老套，卻很有用）。很多西方電影中，都有這樣的情節：一個人，獨自在古堡中過夜，各種黑影各種

聲音，讓他（觀眾）不時地被驚嚇到，然而卻都是虛驚一場，等他終於覺得那些都是幻覺，並沒有實際危險的時候，再一下子出現一個嚇人的怪物，以達到使觀眾猝不及防被驚恐擊倒的目的。

在《迷藏》的這一段中，彩虹扮演的，就是這個人的角色。但是，彩虹並沒有遇到甚麼怪物，在虛驚一場後，她不僅沒有遇到怪物，甚至連任何東西都沒有遇到。

怯！有人要說了，這算甚麼？玩弄讀者感情嗎？

當然不是，倪匡先生早就挖好陷阱，等着大家往下跳呢。

古堡中雖然沒有多出任何東西，但卻少了一件東西（不一樣的地方來了），彩虹的打火機不見了。

打火機怎麼會不見呢？只不過是掉在地上而已。雖然屋子裏一片黑暗，但打火機落地時的聲音，總能大致分辨它的位置，應該就掉落在身邊，為甚麼彩虹偏偏找不到呢？

普通的作者，在這個時候，總喜歡做加法，各種各樣

想到或者想不到的怪物輪番出場，製造出熱鬧但其實並不恐怖的場面，還沾沾自喜，以為自己的故事有多精彩。

倪匡先生則不同，他做的是減法，只需不見了一個小小的打火機，整個故事的氣氛就完全不一樣了。在彩虹陷入黑暗，感到焦急的同時，讀者也陷入了緊張，預感到有不一樣的事情即將發生。

讀者的預感是正確的，詭異的事情果然發生了。

（若這時還沒有詭異事件發生，那這故事，也不會太好看了。）

彩虹在地上，摸到了一隻男人的手！

（該做加法的時候，就要毫不猶豫地做加法。）

彩虹被嚇了一大跳，一聲尖叫，身子向後彈出去，跌倒在地上。但是，她畢竟是一個膽大又聰明的女孩，冷靜下來之後，立刻想到了是古堡管理員在搞鬼。她用力拉開房門，卻發現管理員提着燈，站在大廳中，（哼，一定是管理員的惡作劇！）而就着微弱的光線，也可以看清，房間裏的地上並沒有甚麼男人的手。（哼哼，一

定是管理員的惡作劇！！）

（剛做完加法，立刻又做減法，倪匡先生簡直就像是個數學魔術師，隨意操縱着讀者的情緒，還不時發出得意的笑聲。）

可是，彩虹大意了，這當然不是甚麼惡作劇（不然這故事還有甚麼看頭），等到王居風趕到，兩個人又一起經歷了一次古堡中的詭異事件。

這一次，他們在古堡中玩起了捉迷藏（總要玩一次捉迷藏的，不然書名為甚麼還要叫作《迷藏》），這一次，依舊做減法，不見了的，是王居風！

好了，這下衛斯理可以出場了。在接下去的故事中，衛斯理、白素、高彩虹、王居風四個人，引領着讀者，在安道耳的大公古堡（虛構的），進行了一場大型的捉迷藏遊戲，而最後的結局，也很出人意料，故事竟從懸疑恐怖演變成了愛情故事（故事中無數個意想不到之一）。

高彩虹和王居風在古堡捉迷藏的過程中，產生了感情，兩個人甚至還獲得了在時間中旅行的本領，隨時可

以回到過去，進入未來，在這種情形下，他們當然不願再在當下耽擱一分一秒，而是立刻攜手跳入時空的長河中，共譜屬於他們的人生去了。

很浪漫，是不是？

衛斯理故事十大名場面（十）霧中鬼船 |

第十回

遇鬼船霧中受驚嚇　衛斯理慘叫變瘋漢

我吸了一枝煙，又點燃另一枝，一連吸了三枝煙，霧更濃了，我忽然聽到，附近的海面上，有一種「泊泊」的聲響。

我陡地緊張起來，這種聲響，一聽就可以辨別出，是海水中有甚麼東西在移動，震動了海水而發出來的。

我立時站了起來，從聲音來辨別距離，那聲音發出的所在，離開我決不會很遠。可是，霧是如此之濃，我無法看到任何東西，向前望去，只是白茫茫的一片。

……

我聲嘶力竭地叫着，叫了七八遍，那種水聲，竟在漸漸移近，陡然之間，我看到東西了！

那是一艘古代的帆船，正以相當高的速度，向我的船，迎面撞了過來！

……

緊接着，我想，至多不過是兩秒鐘吧，我又看到了那艘船的前半截，和它高大的桅。

同時，我聽得船頭之上，有人在發出可怕的笑聲，而且，我立即看到了那個人！那人半伏在一堆纜繩之上，張大口，向我笑着。

我認得出他，他就是那個在沉船的船艙之中，持着鐵鏈，向我襲擊的人！

……

當我發現第一艘船，陡地從濃霧中冒出來之際，我完全驚呆了，先是呆立了幾秒鐘，接着，踉蹌退到了艙門口，又發現了自左、右而來的兩艘船，我僵呆在艙口，一動也不能動。

三艘船一起向我的船撞來，我看得十分清楚，那是三艘三桅大船，我也聽得那人在迎面而來的船上，發出淒厲的怪笑聲。

在這時候，我腦子異常清醒，可是我的身子，卻因為過度的震駭，一動也不能動。

我眼看着那三艘船的船頭，冒着浪花，向我的船撞了
過來。

……

濺起的浪花，已經落在我船的甲板上，三艘船來得更
近，它們的來勢，看來雖然緩慢，但是卻絲毫沒有停
止的意思，越壓越近，到最後，那三艘船，船上的徽
飾，像是三面盾牌一樣，要將我活生生夾死。

我所期待的鬼船「透過」我的船，並沒有發生，相反
地，我聽到一陣「軋軋」的聲響。

我的那艘船，像是被夾在三塊岩石頭中的雞蛋一樣，
剎那之間，變成粉碎，在那最後的一刻，我只來得及
慘叫一聲，就失去了知覺。

——《沉船》

世界上最有名的沉船，莫過於一九一二年四月，在
處女航時撞到了冰山而導致沉船的鐵達尼號，這是一起
震驚世界的沉船事件，其影響力甚至延綿至今。

曾有傳說，本來鐵達尼號是可以平安抵達目的地的，

但由於航行中，突然有兩個來自未來的人出現在船上，和船長說了鐵達尼號將會沉船的結果，使得船長改變航線，這才撞上了冰山。換句話說，如果不是那兩個來自未來的人多事，鐵達尼號也就不會出事。

當然，這只是傳說，事實為何，誰也無法知道，不過，由此可見，歷史是無法改變的，注定的事，始終都會發生。

《沉船》的故事和鐵達尼號無關，之所以提到鐵達尼號，一來是因為倪匡先生在故事裏，也是以鐵達尼號為引子，我這樣做，有向先生致敬之意；二來也想讓大家知道，在「沉船」這個題目下，可以衍生出無數個精彩的故事來，衛斯理的《沉船》，只是其中之一。

在衛斯理的傳奇中，作為系列故事男主角的衛斯理，向來是勇往直前，無往不勝的，即使遇到一些挫折，也很快化險為夷。衛斯理的形象，幾乎充滿了光輝（主角光環），可是，有誰知道，他竟然曾在一次冒險中，被嚇成了瘋子！對，你沒有看錯，是嚇成瘋子。

堂堂的衛斯理，居然會被嚇成瘋子，這實在是沒有可能的事，然而卻偏偏發生了，這到底是甚麼情況？一切的經過，就記述在這個題名為《沉船》的故事中。

話說西元一五〇三年，哥倫布發現中美洲之後的那一年，西班牙航海史上曾煊赫一時的航海世家——狄加度家族，他們的代表人物維司狄加度將軍，奉西班牙國王之命，出海執行一項極度秘密的任務。

他們希望通過這次航行，可以發現另一個中美洲，或是另一個新大陸，但是他們卻沒有成功，因為這三艘船，從波多黎各出發之後，就一直沒有再回來過，既然沒有回來，那當然是在大西洋沉沒了！

看完這段背景介紹，我不由得對西班牙的狄加度家族產生了濃厚的興趣，想要查閱資料，獲得更多的相關資訊，可是，這個念頭，卻立刻被倪匡先生無情地扼殺在搖籃中。

因為，在下面的故事中，倪匡先生竟然把所有書籍中都沒有關於狄加度家族的記載歸咎於政治原因：因為

狄加度家族被西班牙王室視作叛徒，所以，他們的記載就被在歷史上無情地驅逐了出去。

看到這裏，我不禁啞然失笑，原來我又上了先生的當，這個所謂的狄加度家族，根本就是他虛構出來的。為了解釋為甚麼現實中查不到他們的資料，還煞有其事地編造了這樣一個令人無法辯駁的理由。

既然狄加度家族在歷史上被無情地驅逐了出去，那如今自然無法查到他們的資料了，先生真狡猾！

背景介紹完畢，正式開始沉船的故事。

有位摩亞船長，在一次航行中，突然遇到維司狄加度的鬼船，驚嚇之餘，慌亂地改變航向，結果導致自己的船觸礁沉沒。

沒有人相信摩亞船長的遭遇，只有衛斯理，還有一位潛水專家麥爾倫，願意陪着摩亞船長再度出海，去調查「鬼船」的真相。

鬼船是一種十分詭異的現象，專指那些沉沒的船，在某種情形下，突然又出現在海面的情形。一般來說，

鬼船的出現，總是充滿了詭異而又恐怖的氣氛，伴隨着大霧、深夜，突如其來地從大海的某個角落冒出來（宛如來自地獄）。誰也不知道鬼船是如何出現的，所以也根本無法用現代科學的理論來解釋，這就給鬼船更增添了一層神秘色彩。

在調查過程中，首先遇到變故的，是麥爾倫。

他在當年狄加度沉船的海域附近潛水，希望能有所發現，結果見到了某些東西。而那東西對他精神上造成的恐懼，竟使他在回家後的第二天，就因忍受不住這種折磨而飲槍自盡！

據記述，麥爾倫是在來福槍的槍機上，繫上一條繩，再將槍口，對準了自己的下頦，拉動繩子，子彈從他的下頦直射進腦子，立即死亡！

他用這種方法來自殺，可見他自殺的決心多麼堅決。

麥爾倫究竟看到了甚麼東西？是甚麼東西讓他如此恐懼，恐懼到要如此堅決地消滅自己的生命？

倪匡先生當然不會立刻告訴大家，他要讓這種恐懼

感，在大家的心中醞釀發酵。

第二個遇到變故的，是摩亞船長。

他是在下海救麥爾倫的時候，看到了麥爾倫所看到的東西。摩亞船長比麥爾倫堅強了一點點，但也只是那麼一點點，他沒有自殺，他發瘋了！

（他們看到的到底是甚麼？想知道，又害怕知道，真是矛盾之極！）

衛斯理和讀者一樣，這時候也甚麼都不知道。

衛斯理不是和摩亞、麥爾倫一起出海的嗎？當他們在海底遭遇變故的時候，衛斯理在做甚麼呢？說起來真是難以置信，衛斯理竟然睡着了。不過，也只有睡着了，才能使衛斯理躲過這一輪的變故。

然而，該來的總是要來的，任誰也躲不過去。摩亞和麥爾倫閉口不說他們見到了甚麼，衛斯理只好自己去發現。

（在一個死了，一個瘋了的情況下，還要堅持一個人行動，真是不要命了！）

終於，在海底的沉船中，衛斯理也遭遇了變故！

一個怪人，在海底、在沉船之中，睜大了眼睛望着衛斯理。他的面前，是一口相當大的木箱子，他的手中，捏着一個鐵鎚。他的第一鎚，就打破了衛斯理頭罩上的燈，衛斯理的眼前，頓時變成一片漆黑。

衛斯理完全失去了任何反抗的能力，他心頭的驚懼，使他全身發軟。在一片漆黑之中，衛斯理只覺得，對方的鐵鎚，不斷地擊在自己的身上。如果不是在水中的話，衛斯理一定要被對方的鐵鎚，打得骨斷筋裂了，幸而水的阻力救了他。

當衛斯理終於恢復了氣力，可以推開那個人的時候，已不知道挨了多少下打擊。他拚命向上浮去，一下子就浮出了艙口，他立時將門緊緊地壓上，大口喘着氣。

畢竟是系列故事的男主角，即使遇到這樣的恐懼刺激，衛斯理竟還能挺過來，僅僅是逃離現場後因精神上支撐不住而昏了過去。

按照衛斯理的倔強性格以及對神秘事件永不放棄的探

索精神，自然不到黃河心不死，於是有了第二次的出海。

這一次，衛斯理的運氣就沒有那麼好了，在一個充滿濃霧的午夜，他的船，直接與維司狄加度的鬼船近距離相撞。衛斯理的船，被鬼船輾成了碎片，衛斯理的人，則直接被嚇成了瘋子，而且，是最沒有希望復原的瘋子！

（第一次海底敲頭人的恐怖遭遇在心中造成的傷口還沒癒合，第二次的鬼船衝撞又接踵而來，這樣連續不斷地進行恐怖攻擊，衛斯理縱使是鐵打的漢子，也無法承受！）

神經再堅強的人，對忍受刺激，也有一定的限度，超過了這個限度，一樣受不了，而且後果更糟糕！

故事主角成了瘋子，故事還怎麼進行下去？鬼船的秘密還沒有揭開，海底那個用鎚子砸頭的人又是誰？為甚麼他在海底不靠任何設備也能呼吸？無數個疑問等着衛斯理去探索去發掘，沒有了衛斯理，還有誰能解開這些謎題？

大家不用擔心，倪匡先生自有安排。

就像在《不死藥》的結尾中所寫的那句話，放在本文的結尾，一樣適用：

結果會怎樣呢？其實大可不必擔心，我是連續小說的主角，當然逢凶化吉，不會有事的！

衛斯理終將歸來！

後記 |

兩個月的時間，寫下了十二多萬字，《小說倪匡》完成了。

其實，平時還有本職工作，也要照顧家庭，並沒有很多時間可以用來寫作，但是，憑着一股熱情，每天擠出些碎片時間來，或多或少寫下幾段文字，不知不覺，竟然就寫完了一本書。

寫完了，本來應該很高興，然而我卻高興不起來。

想了想，由於疫情的關係，自己已經三年未能踏足香港。如今總算兩地通關，七月暑假，便可回到暌違以久的維港、尖沙咀、中環、旺角……然而，我最敬愛的倪匡先生，卻已經不在了！

回想起之前的每一次來港，都會第一時間奔赴先生家，與他杯酒言歡，闊步高談，笑聲充斥着倪宅小屋的每一個角落，每一次都覺得時間過得飛快，總是依依不捨地和先生告別，並定好下一次的約會，然而這一次，

先生失約了。

　　不願再去感懷，再感懷，心裏會難過。先生雖然不在了，生活仍要繼續，想來先生也一定不願看到我的傷心和沮喪。

　　懷念先生最好的方法，是將他的作品一次次地推薦給讀者，無論是老讀者或是新讀者，能讓更多的人知道先生、了解先生、喜歡先生，這便是我的心願。

　　倒上一杯酒，對着浩瀚的宇宙，喊一聲：「先生！乾杯！」

王錚

上海

20230608184535

宇宙密碼永不停歇

www.cosmosbooks.com.hk

書　　名	小說倪匡
作　　者	王　錚（藍手套）
封面繪畫	李志清
封面設計	上揚Design／戴東尼、Dawn Kwok
責任編輯	吳惠芬
美術編輯	Dawn Kwok
出　　版	天地圖書有限公司
	香港黃竹坑道46號新興工業大廈11樓（總寫字樓）
	電話：2528 3671　傳真：2865 2609
	香港灣仔莊士敦道30號地庫（門市部）
	電話：2865 0708　傳真：2861 1541
印　　刷	亨泰印刷有限公司
	香港柴灣利眾街德景工業大廈10字樓
	電話：2896 3687　傳真：2558 1902
發　　行	聯合新零售（香港）有限公司
	香港新界荃灣德士古道220-248號荃灣工業中心16樓
	電話：2150 2100　傳真：2407 3062
出版日期	2024年3月初版·香港